내 영혼의 조각보

내 영혼의 조각보

2017년 1월 20일 초판 인쇄
2017년 1월 25일 초판 발행

지은이 김주수
펴낸이 이찬규
펴낸곳 북코리아
등록번호 제03-01240호
주소 [13209] 경기도 성남시 중원구 사기막골로 45번길 14 우림2차 A동 1007호
전화 02-704-7840
팩스 02-704-7848
이메일 sunhaksa@korea.com
홈페이지 www.북코리아.kr
ISBN 978-89-6324-535-5(03800)

값 12,000원

사유의 비늘로 반짝이는
천 개의 아포리즘

내 영혼의 조각보

김주수 지음

북코리아

차례

프롤로그-미지의 독자에게

한 행의 문장도 문학이다.
한 줄의 문장이 한 권의 문학 작품보다도
덜 문학적일 것은 없다.
- 김성우

이 글들은 제가 20대 후반에서 30대 후반까지 마음속에서 키워 온 여러 생각들을 아포리즘이라는 형식에 기대어, 아주 짧은 문장으로 기록한 것입니다. 10여 년의 시간을 거쳐 온 이 글들은 실로 지난 세월에서 걷어올린 제 마음의 살들이요, 제 영혼의 조각들이 아닐까 합니다. 마치 제 마음속에 담아둔 많은 이야기들로 영혼의 작은 오아시스를 빚는 마음으로 쓴 글들입니다.

이 글들의 행간 속에, 제가 하고 싶었던 숨겨둔 말은 '깨어있는 감성과 그런 감성에서 나온 맑은 직관을 가지자'는 것이었습니다. 그러한 직관이 또 깊어지고 깊어지면 만물과 교감하고 삶의 비의를 꿰뚫는 영적 직관, 우주적 직관에 가 닿을 것입니다. 제가 궁극적으로 가 닿고 싶었던 곳은 그런 초월적 관조의 세계였습니다. 하지만 그런 관조의 세계는 결코 우리의 현실 삶과 분리되지 않을 것입니다. 감성과 직관은 오로지 우리의 삶을 보다 더 삶답게 만들기 위해 필요한 것이니까요.

때문에 저는 순도 높은 감성과 직관으로 그 전에 볼 수 없었고,

들을 수 없었고, 느낄 수 없었고, 생각할 수 없었던 것을 이제는 보다 잘 보고 잘 듣고 잘 느끼고 잘 생각할 수 있기를 바랐습니다.

우리의 삶은 오로지 어떤 느낌 속에 있습니다. 사람이 느끼는 모든 감정 또한 감성과 연관된 것입니다. 때문에 감성이 죽으면 그 삶이 메마를 수밖에 없습니다. 삶이란 자신의 느낌으로 세상과 교감하는 긴 과정입니다. 허나 감성이 아무리 중요하다고 하여도 그것은 감성과 직관의 영역에만 머물러 있어서는 안 될 것입니다. 온전한 사람이 되려면 머리와 가슴이 조화를 이루어야 하듯, 무엇보다 중요한 것은 감성과 이성의 조화, 직관과 사유의 조화에 있을 터이기 때문입니다. 저는 줄곧 그러한 세계를 지향했기에 이 글들 또한 감성과 이성 사이에 있고, 직관과 사색 사이에 있고, 문학과 철학 사이에 있을 것입니다.

이 글들은 이런 맥락에서 사색의 뜰을 거닐며 제가 주워 모은 직관적 사유의 편린들입니다. 애초에 이 글들은 시적 직관력을 기르고 싶었던 제 바람과 연마 속에 쓰인 것이었습니다. 하지만 쓰는 중에 아포리즘이라는 이 글쓰기 형식 자체가 제 스스로에게 친숙하고 중요한 하나의 장르가 되었습니다.

시적 직관이란 감성의 물기와 비유의 비늘을 단 직관일 것입니다. 비유는 서로 다른 존재를 하나로 연결시키고 만물을 새로운 의미 자장 속으로 조우하게 합니다. 하여 저는 비늘처럼 반짝이는 언어로 그 직관에 빛을 더하고 싶었습니다. 티끌이 모여 태산이 되듯, 이제 아주 작은 글의 비늘들이 천 개나 모여 하나의 수상록이 되었습니다.

탄소의 결정은 다이아몬드로 깨어나고, 언어의 결정은 시로 깨어나고, 허공의 결정은 우주로 깨어나고, 영혼의 결정은 깨달음으로 깨어납니다. 깨어나기의 꿈을 간직한 언어의 작은 결정들! 제 사유의 비늘이 어떤 모습으로 독자의 영혼 속을 거닐까요. 영혼의 조각

들로 엮은 제 영혼의 작은 조각보가 잠시나마 그 누군가의 마음의
한편을 소곳이 덮을 수 있기 바랄 뿐입니다.

취루재에서 김주수 씀

1부

1

깨달음의 이슬은 영혼의 아침을 맑게 빛낸다.
그 이슬에는 우주의 모든 빛이 깃든다.

2

우주와 무한한 사랑을 채우고도 넘치지 않는 그릇은
마음이라는 그릇이다.

3

내가 던지는 말들은 내 영혼을 비춰주는 거울이다.
그 거울은 언제나 내 존재의 진실을 또렷이 비춘다.

4

에고의 시계바늘은 늘
채워지지 못한 욕망의 시간을 가리킨다.

5

나쁜 기억과 이것에 얽매인 감정은
영혼의 눈을 깜깜하게 하는 블랙홀이다.

6

소유에 대한 집착은 목구멍이 작아서
마실수록 갈증의 늪으로 미끄러지는 미끄럼틀이다.

7

우주는 빛과 어둠 사이의 무한하고도 짧은 거리다.

8
우주는 공간과 시간 사이, 선과 악 사이, 삶과 죽음 사이
너와 나 사이, 들숨과 날숨 사이, 빛과 어둠 사이……
오직 그 사이라는 틈으로 숨을 쉰다.

9
우리의 삶은 '밑 빠진 독'과 같은 플롯으로 쓰인다.
채워도 채워도 차지 않는 그 무엇…!

10
기억은 시간의 지문이요
그리움은 사랑의 지문이다.

11
자신감과 희망의 전력이 멈추면
영혼의 누전은 언제든 시작된다.

12
에고라는 껍질 속에는
예외 없이 이기심이라는 씨앗이 들어있다.
이기심은 에고의 중력이다.

13
삶과 세상은 무의식으로 가득 채워져 있다.
구도자가 닦아야 하는 건 도(道)가 아니라
무의식의 부조화다.

내 영혼의 조각보

14
신은 숨바꼭질을 좋아하기에 늘
자연과 우주 만물 속에 숨어 있다.
심지어 우리 생각과 느낌 한 올 속에도….

15
인체를 구성하는 물질적 질료의 80%가 물이라면
영혼을 구성하는 정신적 질료의 99.9%는 사랑이다.

16
오직 깨어난 의식으로 국경을 삼는 나라
그것이 하늘나라다.

17
마음속에 짓지 않은 하늘나라엔
그 누구도 살지 않는다.
(신조차도…)

18
마음의 가난은 '무욕의 새'로 가고
무욕의 새는 하늘로 가고 하늘은 신에게로 간다.

19
램프의 빛은 하얀 기름이 공급하지만
기도의 빛은 투명한 믿음이 공급한다.

20
진실한 믿음이란
서로를 이어주는 하나의 원을 만드는 것이다.

21
자기 아픔의 속내를 알아주지 못하는 이와는
결코 깊은 마음을 나누지 못한다.
누구에게나 자신의 아픔은 마음의 깊은 골이기 때문이다.

22
무한한 시간과 공간
그 양 끝을 꿰는 영지의 바늘은 오직 무심뿐이다.

23
깨달음이란
마음이란 바늘에 허공이란 실을 매어
우주를 낚는 일이다.

24
생각이 어두운 것보다 더 어두운 것은 세상에 없다.
마음이 혼탁한 것보다 더 혼탁한 것은 세상에 없다.

25
성인은 하늘의 마음을 체득한 이들이다.
그들은 그 무엇에도 치우치지 않는 마음은 얻은 이들이다.

26
나를 느끼는 신의 심장이
신을 느끼는 나의 심장이다.

27
나는 신과 함께 모든 것 속에 있다.
모든 것이 신과 함께 내 속에 있듯이.

28
책은 지식과 지혜가 많아도 늘 고요하다.
그러나 그 고요한 가르침은 천년에 천년을 넘어간다.
책은 인류의 문화를 키우는 정신의 젖줄이다.

29
생의 반죽은 생각과 마음으로 빚어진다.
반죽이 잘못되면 나머지는 볼 것도 없다.

30
마무리가 아름다운 사람에게
마무리가 아름다운 일들이 따라 다닌다.

31
우주와 삶이라는 맷돌은
돌고 돌아야만 생명의 즙을 빚는다.
순환은 천지만상의 영원한 질서다.

32
내가 누리는 것 중 만인의 은덕이 아닌 것이 있던가.
내가 접하는 것 중 천지의 공덕이 아닌 것이 있던가.

33
모든 것에는 크고 작은 거리가 있다.
공간과 시간의 거리, 진실과 거짓의 거리,
마음과 마음의 거리, 나와 나 아닌 것의 거리,
삶과 진리의 거리, 무지와 깨어남의 거리…….

34
마음은 한 쪽으로 누르면
다른 쪽으로 튀어나오는 풍선이거니,
그래도 끝내 누르면 그 풍선은 터지게 된다.

35
사랑이란 반쪽으로 나뉘었던 거울이
하나로 합쳐져 서로의 영혼 속을 비추는 것이다.

36
자신을 사랑하는 마음을 잃으면
삶을 사랑하는 마음까지 잃게 된다.
이보다 더 심한 정신적 누전은 없다.

37
사랑은 무엇을 줄까를 생각하지
무엇을 받을까를 생각하지 않는다.

내 영혼의 조각보

사랑과 사랑이 아닌 것은 너무나 확연히 차이가 난다.

38
입구는 흔히 출구가 된다.
우리의 모든 마음이 늘 그러하듯이!

39
누구나 가장 벗어나기 어려운 미로는 자기중심적 성향이다.

40
때때로 내가 모르는 '나'에
더 많은 나의 진실과 삶의 비밀이 숨어 있다.

41
탐욕은 세상 모든 죄악의 근원지다.
세상에 분수 밖의 탐욕보다 더 위험하고 더 사악한 것은 없다.

42
인간의 무의식 속은 모두 하나로 연결되어 있다.
허공과 허공이 모두 서로 연결되어 있듯이.

43
우월감에 뿌리를 둔 문화는
반드시 차별과 폭력의 잎줄기가 무성하게 자란다.

44
'우리는 모두 하나로 연결되어 있다.'
하지만 이것을 깨달은 이는 극소수에 지나지 않는다.
세상에 갈등과 폭력이 만연한 것은 이 때문이다.

45
좋은 화법이란 공감대라는 실을 뽑는 부드러운 물레다.
누구나 하나씩 꼭 가슴속에 놓아야 할 값없는 물레!

46
삶의 모든 것은 마음에서 시작되어 마음에서 끝난다.
우리는 일생 자기 마음에서 조금도 벗어나지 못한다.

47
'배우는 것이 가르치는 것'임을 아는 선생은
학생의 가슴속으로 들어가 그 마음의 문에 귀를 기울인다.

48
과녁을 맞히지 못한 화살은 과녁에 꽂히지 않듯
정확한 조언이 아니면 마음속에 꽂히지 않는다.

49
세상은 언제나 의식과 의식의 광활한 물결로 끝없이 출렁인다.

50
오만한 사람들은 예외 없이 어떤 면으로든 천박하다.
오만함이란 천박한 행동의 기본형이기 때문이다.

내 영혼의 조각보

51

성찰의 수액을
스스로 생성하지 않는 사람은
생명력이 죽은 나무와 같다.

52

말에는 칼날이 들어 있어서
잘못 쓰면 서로의 영혼을 깎아 먹는다.

53

준수한 예의는 깔끔한 옷과 같아서
내가 입어도 좋고 남이 입어도 좋다.

54

우울의 늪 속에서는 모든 재능과 꿈이 잠식된다.
우울은 삶의 빛을 지우는 불행의 블랙홀이다.

55

가치를 모르는 순간은 있어도 가치 없는 순간은 없다.
이유를 모르는 인연은 있어도 이유 없는 인연은 없다.

56

퍼즐은 흩어져야만 맞출 수 있다.
흩어진 내 영혼을 맞추어 가는 것,
그것이 나의 신화다.

57

물도 맑고 고요할 때라야 저의 깊은 속을 드러내 보인다.
우리의 마음도 언제나 이와 마찬가지다.

58

풍선의 가슴은 바람이 키우지만
사람의 가슴은 서로에 대한 이해와 배려가 키운다.

59

가장 아름다운 기도는
늘 나에게서 한 걸음 물러나 있다.

60

순결한 영혼이란 있는 그대로
질료가 필요 없는 성전(聖殿)이다.

61

순수한 마음은 하늘이 지은 아름다움의 첫 번째 칠판이었다.

62

무한한 하늘 지도의 구성은 오직 무심으로만 볼 수 있다.
무심만이 '끝없이 광활한 마음'이 무엇인지 알 수 있기 때문이다.

63

사랑을 파는 약국은
오직 우리의 심장뿐이다.

64

내 마음의 속도를 조절하지 못하면
삶이 흘러가는 속도를 조절하지 못한다.
삶에 균형을 잡으려면 자기만의 속도를 가져야 한다.

65

미움으로 폭삭 무너지는 건
자신의 평온한 마음뿐.

66

삶의 영양소로 소화하지 못한 글은
내 눈이 밟고 간 잉크 자국에 지나지 않는다.

67

꿈의 유산은 출혈도 수술도 없지만
그 핏자국은 영혼의 얼굴에 떨어진다.

68

자신이 경험해 보지 못한 아픔은
늘 소설 속에 한 플롯에 지나지 않는다.

69

삶이 궁극적으로 소화시켜야 할 것은
내 속에서 자라는 '이기심'과
그 이기심 때문에 생기는 '집착과 고착'이다.

70

책의 가르침은 머리와 가슴에 함께 담겨야 한다.
머리와 가슴이 하나로 연동하여
생각과 행동에 변화를 만들어 내는 독서만이 진정한 독서다.

71

가장 강한 생명력을 가진 독초는
마음속에서 자라는 '이기심'과 '비교심'이다.

72

하늘이 우리에게 한 세트로 내린 선물은
아름다움을 볼 수 있는 눈이다.

73

마음에 사원을 짓는 이는 늘 사원 속에서 산다.
마음에 천국을 짓는 이는 늘 천국 속에서 산다.

74

사람의 본성이 하늘인 까닭은
마음의 기본형이 텅 빈 무한이기 때문이다.

75

책 속에 길은 수많은 지식으로 이어지지만
대화 속의 길은 수많은 친밀감으로 이어진다.

76

누구에게나 귀 기울여

겸허히 배움을 얻으려 하는 이에겐
진리의 바다가 그가 가는 길을 따라 펼쳐진다.

77
마음의 아픈 상처는 하나도 빠짐없이 영혼의 뿌리에 저장된다.
치유되지 않은 상처는 나를 늘 따라다니는 삶의 그림자가 된다.

78
본받을 사람이 있다는 것은 삶의 길 하나를 얻는 것과 같고
존경할 사람이 있다는 것은 삶의 빛 하나를 얻는 것과 같다.

79
누구나 자신이 지닌 '가치 기준의 틀' 때문에
생각이 그 속에서 쳇바퀴를 돌게 된다.
생각이 자유를 얻어야 삶도 자유를 얻는다.

80
자연성(본성)을 회복하는 건 무한한 자유가 된다는 것이다.
무한한 자유가 된다는 건 에고에서 온전히 벗어난다는 것이다.

81
직관의 비늘을 단 사유는 그 물기가 쉬 마르지 않는다.

82
식견이 짧고 경험이 적은 사람은
세상이 아주 여러 겹으로 이루어져 있음을 알지 못한다.

83
말에는 다양한 씨앗이 들어 있어서
듣는 사람마다 다른 싹을 틔운다.

84
세상에 대한 눈물이 들어 있지 않는 학문은
끝내 세상을 안을 수 없다.

85
시를 쓰는 최고한 경지는
스스로의 삶이 한 편의 살아있는 시가 되는 것이다.

86
다른 이의 마음 칠판에 쓴 기억은
결코 스스로의 힘으로 지울 수 있는 지우개가 없다.

87
핑계는 책임회피의 늪이다.
그 늪에는 대부분 낙오자와 패배자만 빠진다.

88
미소는 돈이 들지 않지만
수많은 사람의 마음을 한 아름이나 살 수 있다.

89
우아한 말씨는 소리의 프리즘이라
마음의 창에 비단 수를 놓는다.

90
마음에 뿔이 돋은 이는
어딜 가나 그 뿔에 부딪치고 걸린다.

91
삶의 모든 고통을 품어 안을 수 있는 것은
조건 없는 받아들임과 긍정과 무집착뿐이다.

92
쓰러졌다 다시 일어나는 사람의 눈물 위에
더 많은 감동과 박수가 놓인다.

93
슬픔의 플롯이 없는 소설은 감동을 낳기 어렵고
사랑의 플롯이 없는 인생은 행복을 낳기 어렵다.

94
인생에 자기 욕망과 감정보다 더 무서운 독재자는 없다.

95
결혼이라는 물의 구조는
배려 두 원소와 믿음 한 원소가
정(情)이라는 실에 꿰어져 있다.

96
부풀어 오른 자존심엔
오만과 부정(否定)이란 기름이 잔뜩 들어있어서
후진을 할 줄 모른다.

97
머리에 쓰인 말보다 가슴에 쓰인 말이 더 오래 기억된다.

98
머리로 학문을 하는 이는 지식인이 되지만,
가슴으로 학문을 하는 이는 지성인이 된다.

99
가슴으로 듣지 않는 말은
귀에만 걸린다.

100
이해심과 배려심이 서로의 어둠을 밝히는 촛불이 되면
그 빛은 꺼지지 않고 탈수록 더욱 빛난다.

101
눈 먼 작은 말들이 뭉치면 사람의 심장을 깊이 찌른다.
폭언과 악설은 가장 흔하고 보편적인 죄악의 하나이다.

102
무명(無明)보다 깊은 어둠은 없으며
무지보다 더 두꺼운 벽은 없다.

103

사랑하는 이의 눈보다 더 아름다운 건 없고,
그 눈 속보다 더 아늑한 영혼의 집은 없다.

104

닫힌 귀는 협소한 마음의 결과다.
닫힌 마음은 협소한 생각의 결과다.

105

삶이란 물음표와 느낌표로 이어지는
마음의 끝없는 도미노다.
이 도미노가 잘 굴러갈 때 삶에 생명력이 넘친다.

106

깊은 원한과 상처만큼 풀기 어렵고 괴로운 삶의 숙제는 없다.
하지만 그 숙제를 풀지 않고는 누구도 자유로워질 수가 없다.

107

신의 호흡으로 들어가는 입구는
내 마음에 있고, 그 입구는 무아(無我)로 열린다.

108

삶을 대하는 나의 마음이 그대로 삶이 나를 대하는 마음이 된다.
세상을 대하는 나의 마음이 그대로 세상이 나를 대하는 마음이
된다.

109

매 순간을 가치 있게 보내는 것은
자기 인생의 최고치를 사는 유일한 길이다.

110

인류의 그 많았던 사람들의 영혼은
지구별의 무의식 속에 고스란히 하나로 담겨져 있다.

111

거짓된 사랑은 늘 상대가 아니라,
오직 자신에 대한 애착 때문에 눈물을 흘리는 물시계다.

112

어리석음의 첫째는 문제점을 깊이 자각하지 못하는 데 있고,
어리석음의 둘째는 문제점을 확실히 고치지 못하는 데 있다.

113

모든 것을 하나로 연결지어 바라볼 수 있는 눈은
오직 성인(聖人)과 도인의 마음속에만 들어 있다.

114

모래와 땅, 풀, 강과 공기…… 하늘,
이와 하나의 몸과 마음을 이루는 것
이것이 어머니 지구별의 삶의 방식이다.

115

이해의 싹은 늘 사랑과 존중의 밭에서만 자란다.

116
좋은 관계를 만드는 아름다운 공식은
역지사지(易地思之)를 거듭할 수 있는 마음에 있다.

117
역사의 왜곡은 '눈 먼 진실'을
이기심과 폭력의 창(槍) 앞에 매단다.

118
눈이 얕은 사람은 세상의 껍데기만 본다.
세상사의 표면만 보는 이들로 하여
세상의 편견과 무지는 점점 더 늘어만 간다.

119
이해심은 영혼의 꽃이어서
삶의 뜰에 이 꽃이 만발할수록
조화의 나비는 더욱 많이 날아온다.

120
잘 웃을 줄 모르는 이의 마음엔
차가운 성(城)이 도사리고 있기 마련이다.
마음이 굳어 있는 이는 잘 웃을 수가 없기 때문이다.

121
순결한 미소와 눈빛은 햇빛이 없어도 눈이 부시다.

122
잉크 속엔 수많은 문장이 숨어있고
건반 속엔 수없는 선율이 숨어있다.
사람 속엔 수많은 진실이 숨어있고
세상 속엔 수없는 섭리가 숨어있다.

123
베풂이 자연의 섭리임을 아는 이들은
서로가 서로에게 행복의 울타리가 된다.
아메리카의 인디언들이 그러했던 것처럼!

124
타인에게서 이로움만 찾는 세상은 삭막함을 필할 길이 없다.
타인에게 어떤 이로움을 줄까를 생각하는 사람이 많아져야만
비로소 서로 행복과 이로움을 함께 나눌 수 있는 아름다운 세상이
된다.

125
병균은 부주의 때문에 전염되지만,
행복은 단지 사랑하는 만큼만 전염된다.

126
천국으로 가는 계단의 질료는
오직 '나를 벗은 마음'으로만 만들어져 있다.
자신에게 집착하는 마음으로는 결코 천국을 만날 수 없다.

127
환경이 오염되는 단 하나의 이유는
우리 정신의 뜰이 오염되었기 때문이다.

128
내가 포용할 수 있는 만큼이 내 마음의 그릇이다.

129
우리의 중심에는 똑같은 씨앗이 있다.
언제까지나 시들지 않는 씨앗,
사랑과 신성과 하늘이라는 씨앗!

130
모든 사람들이 또 하나의 자신임을 아는 성자는
자연스럽게 그들 속으로 들어가는 맑은 산소가 된다.

131
너와 나,
이 우주엔 가치를 재는 저울이 없어서
모든 것이 다 이 우주의 대표자다.

132
자연엔 그 어디에도 경계선이란 없다.
경계선이 있는 곳은 우리의 마음속뿐이다.

133
그림을 잘 그리는 이는 화폭에 그림을 그리지만
영혼이 아름다운 이는 사람의 마음에 그림을 그린다.

134
기도가 영혼을 밝히는 불꽃이 되는 경우는
에고의 욕구가 고요히 꺼지는 경우뿐이다.

135
영혼의 연금술이란
무엇을 빚는 것이 아니라,
나를 녹여 무아(無我)로 깨어나게 하는 것이다.

136
깨달음의 마을로 들어가 본 이만이
다른 세상이 존재함을 안다.

137
인정받지 못한 영혼은 그 싹과 뿌리가 쉽게 말라간다.

138
말을 달리게 하는 채찍은 가죽으로 만들지만
마음을 달리게 하는 채찍은 격려로 만들어진다.

139
여론이나 소문이란 진실 여부와 상관없이
많이 퍼지면 많이 퍼질수록 더 진실이 되어간다.

140
처마 밑에 돌이 빗물에 구멍이 나듯
비방도 자꾸 들으면 마음에 구멍을 놓는다.

141
한 번 색이 칠해진 눈은 보고 보아도
그 색만 본다.

142
세상에 놓인 가장 아름다운 다리는
마음과 마음을 이어주는 공감과 소통의 징검다리다.

143
오리를 움직이는 건 물속에 다리지만
역사를 움직이는 건 세상 속에 깃든 인류의 의식이다.

144
식견이 짧으면 말[言]이 쳇바퀴의 다람쥐가 된다.

145
자기 잇속의 맥락으로만 움직이는 사람들의 속내란
때때로 종이쪽보다 더 얇다.

146
자신을 잘 이해하지 못하는 이는 타인도 제대로 알 수가 없다.
내 안에 나를 밝힐 빛이 없으면 끝내 내 밖도 밝힐 수가 없기
때문이다.

147

지식이 많아도 원대한 뜻이 없으면 지사라 할 수 없고
지위가 높아도 넓은 마음이 없으면 대인이라 할 수 없다.

148

인류 과학의 최대 과제는 이기적 유전자의 제거다.

149

청소하는 습관이,
생활로 가면 방이 깨끗해지지만
마음으로 가면 삶이 깨끗해진다.

150

좋은 생각을 낳는 건
누구나 할 수 있는 아름답고 행복한 출산이다.

151

자신의 이상에서 삶의 메시지를 캐는 건
삶의 광야에서 좋은 길을 찾는 것과 같다.

152

우리는 자연에서 모든 걸 조건 없이 받았지만
아무것도 조건 없이 준 것이 없다.

153

조건 없이 주는 사랑은 오직
신과 자연과 성인만이 완성할 수 있는 고귀한 선물이다.

내 영혼의 조각보

154
명예, 지식, 학벌, 지위, 부와 권력…
이런 우상들로 가득한 세상은
갈등과 부조화가 싹트기 가장 좋은 지반이다.

155
가장 아름답고 위대한 치환법은
에고에서 '진아'로 깨어나는 치환이며,
나에게서 '우리'에게로 확장되는 치환이다.

156
불상의 코를 만지는 사람은 아들을 낳을지 모르겠으나,
부처의 마음을 만지는 이는 그가 곧 부처가 된다.

157
말이 없는 건 단지 침묵의 껍데기일 뿐,
진정한 침묵은 잡다한 마음과 생각이
고요 속으로 다 가라앉는 것이다.

158
역사는 문명의 강을 건너야 이루어지고
학문은 지식의 울타리를 넘어야 이루어진다.

159
사랑은 소유가 아니라 받아들임이다.
큰 호수에 빗물이 더 많이 고이듯이
상대를 받아들일 수 있는 만큼이 내 사랑의 폭이다.

160

에고의 아우성이 너무나 시끄러운 곳에선
영혼의 속삭임이란 전혀 들리지 않는다.

161

좋은 글은 천년이 지나도 썩지 않느니,
그 속엔 썩지 않는 정신이나 진리가 담겨 있기 때문이다.

162

쉼 없이 흐르는 물에는 번뇌의 무늬가 살지 않는다.
그 속에는 늘 '머무르는 바 없는 마음'이 흐르는 까닭에.

163

삶에 싫어하는 것이 많을수록 불행의 재산도 커져간다.
행복해지려면 부정하는 것보다 긍정하는 것이 더 많아야 한다.

164

행복하지 않은 이는 타인에게도 행복을 줄 수 없다.
불씨가 없는 사람은 불씨를 나눠줄 수 없기 때문이다.

165

다른 이의 눈물을 마셔보지 않고는
아무도 그 맛의 깊이를 알 수 없다.

166

두려움과 의심은 삶을 1단 기어에 묶어 놓는다.
모든 두려움은 기본적으로 자신과 삶을 믿지 못할 때 생긴다.

내 영혼의 조각보

167

차가운 눈빛은 때로 가슴에 송곳보다 더 깊은 홈을 판다.

168

창조주를 사숙하는 건,
조건 없는 사랑을 배우는 것뿐!

169

증오와 원한을 녹이는 용매는
깊은 이해와 의식 확장보다 더 좋은 것이 없다.

170

참된 사랑의 눈은 '조건'이란 단어를 모른다.
참된 존중의 눈은 '차별'이란 단어를 모른다.

171

지상 천국의 성화(聖火)는
각자의 마음속에서 제일 먼저 불을 밝혀야 하는 것이다.

172

성인의 마음속 빛을
각자 자신의 마음속에만 점화하면
전 인류에 점화가 이루어진다.

173

깨달음의 황금 열쇠는
명상이란 렌즈를 통해서 찾아야 하는 것!

174
영혼의 본질은 모두 하나의 사랑으로 이어져 있다.
영혼에 기반하지 않은 평화의 해법은 죄다 공상이거나 거짓말이다.

175
후회의 시간 속엔 실수와 번민 사이에 긴 다리가 놓인다.
하지만 그 다리는 과거로 갈 뿐 미래로 가지는 못한다.

176
전쟁과 매춘이 끊이지 않았던 인류의 역사…,
세상의 모습이란 늘
우리 마음과 의식작용의 전체 합(合)일 뿐이다.

177
화를 잘 낸다는 것은
그 마음의 폭이 그만큼 좁다는 반증이다.
삶의 고수들은 호수처럼 마음이 담대하고 평온하다.

178
천상으로 가는 길은
지상으로 가는 길과 이어지고
그 길은 다시 또 천상으로 이어진다.

179
깨달음이란 하늘과 땅, 나와 신, 순간과 무한
그리고 너와 나를 이어주는 아름다운 영혼의 사다리다.

내 영혼의 조각보

180
천사를 만나는 가장 좋은 방법은
스스로의 마음을 천사의 영혼으로 빚는 것!

181
비극의 모든 작법은
자아의 무지와 번뇌와 집착 속에서 쓰인다.

182
과거에 갇힌 사람은
법정에 서지 않고도 종신형에 처해진다.

183
삶에는 내가 모르는 비밀과 섭리가 가득하다.
하지만 에고의 차원에서만 살아가는 무지에 갇힌 영혼은
끝내 자신의 무지와 생의 섭리를 전혀 자각하지 못한다.

184
진실한 기도는
신에게 드리는 당신의 기도가
신이 당신에게 드리는 기도가 된다.

185
기도에 빛의 속도로 응답하는 건
우리 마음속 그림자이다.

186
에고의 뿌리는 자존심과 연결되어 있고
영혼의 뿌리는 자존감과 연결되어 있다.

187
눈물을 먹지 않고 자란 나무는
세상의 아픔을 덮는 그늘을 만들지 못한다.

188
깊은 근심은 영혼의 빛을 빼앗아서
시간 밖으로 멀리 도망친다.

189
빛은 어둠을 누를 수 있어도
어둠은 빛을 조금도 누를 수가 없다.
반딧불 같은 작은 빛 하나도….

190
촛불의 불씨는 나누어줘도 조금도 줄어들지 않는다.
이것이 신의 유전자로 태어난 우리의 본질적 속성이다.

191
열반의 금은
나와 나 아닌 것을 녹이고
삶과 죽음을 녹여야 만들어진다.

192
선생답지 못한 선생이나
윗사람답지 못한 윗사람은 대개 폭군을 닮는다.
그들은 다들 자격지심이 강하고 지나치게 자기중심적이다.

193
대화에서 가장 중요한 점은
존중과 이해 사이에 공감의 다리를 놓는 것이다.
인생에 이 다리 없이 행복의 냇물을 건널 수 있는 이는 없다.

194
무색이라는 백지 위에
유색이라는 채색이 그려져 있듯이
모든 있음 속에는 없음이라는 백지가 들어있다.

195
모든 것은 우주 선율의 기본음인
음/양의 리듬에 항상 젖어있다.

196
입과 귀는 가슴의 종이라,
가슴을 열지 않으면 입과 귀도 열리지 않는다.

197
사람은 누구나 자신의 입장과 이익밖에 모른다.
타인의 입장과 타인의 이익을 생각할 줄 아는 것,
이는 모든 사람들이 체득해야 할 삶의 고귀한 소명이다.

198
인생의 가장 큰 걸림돌은
자신의 문제점을 스스로 잘 살피지 못하는 데 있다.

199
걱정의 꼬리는 걱정이 물고
분노의 꼬리는 분노가 문다.

200
삶을 바꾸는 최선의 길은
삶을 대하는 나의 태도를 바꾸는 것이다.
삶의 자세는 삶의 모든 것을 끌어당기는 벼리와 같다.

201
달관은 헤맴 속에서 나오고
초월은 갇힘 속에서 나온다.
조화는 혼돈 속에서 나오고
합일은 분리 속에서 나오듯이.

202
하나의 꿈은 하나가 아닌 것에서 깨어나고
하나가 아닌 것은 하나의 꿈으로 잠이 든다.

203
정신적 행복과 물질적 행복을 조화시킬 줄 아는 것
자신의 노력이나 분수 밖의 것을 바라지 않는 것
그것이 진정한 평화와 풍요의 출발점이다.

204
천재는 크게 꿈꾸는 사람들 속에서 나온다.
새로운 꿈이 새로운 세상을 견인하는 법이다.
높은 이상이야말로 세상을 끌어올리는 가장 강력한 힘이다.

205
우주적 시야에서 바라보면
모든 것 사이엔 늘 하나되려는
사랑의 자장이 흐른다.

206
미움과 분노는 마음속에 놓인 영혼의 덫이다.
이 덫에 걸려 아파하는 것은 자기 자신뿐이다.

207
내 마음속에서 일어난 파괴의 물결은
온 세상을 적시는 파괴의 물결의 한 무늬다.

208
마음이 하늘이 되지 않고선 그 누구도
하늘의 마음을 볼 수 없다.

209
자신이 보고 싶은 것만 보고
자신이 믿고 싶은 것만 믿으면
무지와 완고함과 어리석음과 의식의 한계를 면할 길이 없다.

210
모든 부정적인 감정은 갈등의 벽으로 만나고
모든 긍정적인 감정은 소통의 강으로 만난다.

211
자신에 '생각의 다람쥐'만 좇아가면
그 외의 숲은 보지 못한다.

212
가장 아름다운 다리는
친구와 적 사이, 미움과 사랑 사이를 잇는 다리다.

213
햇빛 한 줌에 무지개의 일곱 색이 다 들어 있듯
때로 하나의 행동 방식엔 그 존재의 빛깔이 다 들어있다.

214
눈이 바라보는 것으로 가듯
마음도 자꾸 바라보는 것으로 간다.

215
감정과 생각은 모두 자아의 그림자다.
우리는 누구나 자기 그림자를 끌고 한 생을 산다.

216
마음이 무한을 바라보면 무한으로 가고
마음이 에고를 바라보면 에고에게로 간다.

217
같은 글이나 책도
비추는 렌즈의 격이 다르면
수많은 다른 결이 보인다.

218
용서가 적은 세상은 반드시
그 화살을 자기의 가슴에도 쏜다.

219
'영적 사회'의 출발은
정치와 경제가 깨달음의 제자가 되는 데 있다.

220
운명이란 내 마음이 넘기 위해 만들어진 허들과 같다.

221
내면의 공기 속 먼지는
자각의 밝은 빛이 들어오기 전에는 하나도 보이지 않는다.

222
따뜻한 눈빛과 말보다 더 많은 불씨를 가진 것은 없다.

223
영혼의 발효는 언제나
에고가 사그라지는 데서부터 시작된다.

224
사회의 기준과 통념을 두려워하면
자신의 삶을 소신껏 살아갈 수 없다.
우리는 누구나 마음껏 나를 표현하며 살아야 한다.

225
의심과 불안은 자기 존중과 신뢰의 부족에서
생존의 그림자를 얻는다.

226
하나였던 너와 네가 두 존재로 나누어진 건
삶이라는 여정에 좋은 길동무가 되기 위해서였다.

227
안목이 적은 사람일수록
부당한 견해의 술에 깊게 취한다.

228
그릇이 작으면 적게 담기지만
사람은 그릇이 작으면 무지와 편견이 소복이 담긴다.

229
증오와 원망의 벽돌을 두껍게 쌓아 올려서
그 벽에 오롯이 갇히는 것은 그 자신뿐이다.
그러한 벽이 높아지면 인생이 고립무원이 된다.

230
증오와 분노의 기운에 제일 먼저 죽는 건
내 마음의 평화와 행복이다.

231
대화를 점화시키는 열쇠는
존중이 아니고서는 찾을 수가 없다.

232
마음과 공은 누를수록 생명력에 숨이 빠진다.

233
섹스는 하나되는 사랑으로 빚는
우주의 신성한 춤이다.

234
위인이나 영웅이란 세상에 좋은 영향을 많이 끼친 사람이다.
성공이란 타인에게 끼친 '좋은 영향'의 양으로 측정되어야 한다.

235
나뭇잎은 자신이 나온 땅으로 떨어지고
마음은 자신이 나온 가슴으로 떨어진다.

236
사랑의 눈에서 나온 것은 사랑으로 기울고
미움의 눈에서 나온 것은 미움으로 기운다.

237
모든 것은 자신이 나온 곳으로 돌아가기에
삶은 죽음으로 돌아가고, 순간은 영원으로 돌아가고,
나는 신과 무한으로 돌아간다.

238
배격에서 솟은 불씨는 배격으로만 번진다.
마음이란 거울은 언제나 입력된 것만 비추기 때문에!

239
가장 우월한 사람은
이 우주 안에는 더 우월한 한 게 없음을 아는 이,
끝없는 마음의 수평선을 찾은 이다.

240
마음이 늘 고요하지 못한 건
그 마음속에 끝없이 움직이는
분별의 저울이 있기 때문이다.

241
실천되지 못한 지식이란
설계도 속에서 폼 잡고 있는 건축물일 뿐이다.

242
간절하고 진지하게 구하지 않은 건 언제나,
삶에 깊은 그늘을 드리우는 가지가 되지 못한다.

내 영혼의 조각보

243

천하장사도 멀리 눈감은 이의 마음은 뜨게 하지 못한다.

244

행운의 그림자는 실력과 인품을 함께 갖춘 이를 더 잘 따라다닌다.
둘 중 하나만 부족해도 나머지 하나 또한 제 기능을 못하기
때문이다.

245

자신을 용서하고 받아들이지 않으면
불행의 그림자가 되어 끝없이 따라 다닌다.
일생을 함께해야 할 이는 나 자신이기 때문이다.

246

물은 '자기'를 놓았기에 그물에 걸릴 줄을 모른다.
자기를 놓은 마음만이 생의 그물을 유유히 빠져나갈 수 있다.

247

깨달음은 전 인류를 구원할 유일한 답이다.
깨달음이란 우리 가슴속에 들어있는
조건 없는 사랑을 여는 유일한 열쇠이기 때문이다.

248

'겸손'이란 단어와 '받아들임'이란 단어는
같은 가슴에 담겨 있다.

249
책을 빌려다 돌려주지 않으면 그 책의 가짜 주인이 되지만
신선의 마음을 빌려다 돌려주지 않으면 그 마음의 진짜 주인이
된다.

250
모든 삶의 여정이 돌아갈 곳은 영혼의 뿌리뿐이다.
영혼의 뿌리는 언제나 우주의 뿌리와 맞닿아 있다.

251
인생이란 에고가 진아를 찾아가는 숨바꼭질이요,
내 안에서 신과 우주를 찾아내는 숨은그림찾기다.

252
씨앗 속에 나무가 숨어 있고
구름 속에 빗물이 숨어 있듯
자아 속엔 신성이 숨어 있다.

253
우리는 변하지 않는 삶의 가치를 찾아야 한다.
그것은 변하지 않는 삶의 길이요, 정신의 나침판이기 때문이다.

254
자신을 더 사랑할수록,
삶의 모든 것을 더 사랑할수록
영혼의 줄기는 나날이 푸르른 하늘이 되어간다.

255
나는 내 마음이 만들고
세상은 세상의 마음이 만든다.
모든 것은 저마다의 바람의 거울이 만든다.

256
타인을 용서하지 않으면 타인을 사랑할 수 없다.
세상을 용서하지 않으면 세상을 사랑할 수 없다.
용서하는 법을 배우지 못하면 결코 미움과 분노에서 자유로울 수
없다.

257
삶이라는 여러 겹의 꿈은 깨어나지 않으면
그 꿈의 참된 의미를 알지 못한다.

258
이타심은 마음의 부자가 되는 단 하나의 길이요
이기심은 마음의 빈자가 되는 단 하나의 길이다.

259
빛은 어둠 속에 들어 있어서
내면의 깊은 빛을 찾으려면
내면의 가장 어두운 곳으로 들어가야 한다.

260
꼴찌에서 일등까지를 하나의 원으로 연결시키면
일등이 꼴찌가 되고 꼴찌가 일등이 된다.

261
마음의 시작과 끝을 온전히 이해한 사람이라야
삶의 본질과 가치도 정확히 알 수 있다.

262
삶 속에서 나온 학문이
삶 속으로 돌아가지 못하면 집을 잃은 고아와 같다.

263
무아(無我)의 신학 그 계단만이 신에게로 간다.

264
자신의 내면을 깊이 아는 데서 지성의 첫 페이지가 쓰인다.
첫 페이지가 잘못 쓰이면 온전한 지성이 되는 것은 불가능하다.

265
무소유라는 맑은 거울은
만상을 비추고도 그것에 머물지 않는다.

266
영적 자본주의는 돈이
소유가 아니라 나눔을 위해서 쓰여질 때 이루어진다.

267
상대방 속으로 들어가기 위해선
'내'가 없어져야만 들어갈 수 있다.
상대방을 받아들이기 위해서도 마찬가지다.

268
전쟁은 이기심과 치우친 이념을 먹고 자란다.
모든 전쟁은 오직 고착된 생각과 거대한 무지 속에서 자란다.

269
'조건 없는 무한한 사랑'
하느님은 이 외에 다른 이름표가 없다.

270
깨달음의 강은 사랑의 물결뿐이라
용서와 자비의 꽃을 뿌리지 않고선 건너갈 수가 없다.

271
불안이나 의심의 씨앗을 까먹는 이는
불안과 의심으로 배가 부른다.

272
예수나 부처가 아니라,
원수의 아픔과 상처를 씻겨 줄 수 있는 이가
그들의 진정한 제자다.

273
한 쪽 말만 듣는 이는 한 쪽 귀가 멀게 된다.
그리고 반 쪽 심장까지도!

274
악마와 지옥은 이를 생각하는 이의 마음속에 제일 먼저
만들어진다.
천사와 천국이 이를 생각하는 이의 마음속에 제일 먼저
만들어지듯이!

275
마음에 여유가 없는 이는
그 눈빛과 말과 행동에도 쉴 공간이 없다.

276
인간이 다른 인간을 지배한다는 건
신의 눈에 칼을 꽂는 일이다.

277
무언가를 성취한 사람은 예외 없이
그 성취 시점까지 포기하지 않고 계속 도전한 사람들뿐이다.
성공한 이들은 예외 없이 오직 '결과'로 말하는 이들이다.

278
책 속으로 깊이 들어가면 수많은 숲과 벗이 있느니
그 속에서 꺾은 가지는 내 영혼의 가지가 된다.

279
눈이 그렇듯 마음의 눈도 그 시력만큼만 보일 뿐이다.

280
우주가 내 생을 방생하여 주길 바라면
내가 먼저 내 마음을 우주에 방생해야 한다.

281
보이지 않는 삶의 진실은
대부분 마음의 눈으로 보아야 한다.
마음의 눈을 뜨지 못하면 영혼의 소경이나 다름없다.

282
마음거울을 닦는 가장 좋은 방법은 단지
'맑고 고요한 것'을 지속적으로 비추는 것뿐!
마음거울은 무엇이든 비추는 대로 담기는 법이다.

283
편견의 벽은 상대방도 가두지만
그 벽에 가장 심하게 갇히는 건 그 벽돌을 쌓아올리는 이다.

284
오해와 편견이 비방으로 그물을 치면
아무리 다가가고 싶어도 다가갈 수 없다.
(세상에 만연한 나쁜 언론도 이와 마찬가지 역할을 한다.)

285
100만 장자의 돈으로도
아이들의 순수한 마음은 잠시 빌려오지도 못한다.

286
사랑이라는 시를 서로의 가슴에 쓰는 것!
이것이 우리가 살아있는 진정한 이유다.

287
창조적인 생각의 씨앗 안엔 새로운 세계가 가득 들어있다.
이 값없는 씨앗은 마음만 있다면 누구나 무한히 가질 수 있는
것이다.

288
우리는 끝없이 우리 내면세계를 넓혀가야 한다.
한정된 생각과 의식은 스스로 지은 제한된 삶의 칸막이다.

289
하느님이 거하는 영원의 처소는 나의 마음속에 있다.
우주의 시작과 끝이 다 내 마음속에 있다.

290
세계가 한 송이 꽃으로 피어나려면
서로가 서로의 행복을 위해 노력하는
사랑의 꽃잎이 되어야 한다.

291
지식의 나무는 습득의 토양에서 자라므로
뿌리를 잘못 뻗으면 과시욕이나 권위욕으로 번진다.

292
모든 것에서 하느님을 보지 못하는 이는
하느님에 대해 아무것도 모르는 이다.

293
영원이란 아이는 이 순간에만 뛰논다.

294
책 중에 책은
'나'를 잊게 하는 책이며,
혹은 '나'를 찾게 하는 책이다.

295
비어 있지 않는 방과
비어 있지 않는 사람에겐
들어갈 여백이 없다.

296
나는 우주의 일부다.
우주라는 아이는 매순간
내 안에서 나와 함께 성장을 한다.

297
내면 속에 있었던 생각의 불씨는 언제나
현실 속에서 제 닮은 체험의 짝을 찾아간다.

298
신의 유전자는 '무한한 사랑'이다.
이것을 탐구하지 않는 학문은
인류를 영적 차원으로 성장시킬 수 없다.

299
마음속의 수없는 파노라마는
행동이란 영상으로 모두에게 반영된다.
행동은 밖으로 드러나 움직이는 마음이다.

300
부처는 어딜 가도 마음의 연꽃 위에만 앉는다.

301
영원이라는 것이 다음 장을 넘길 수 있는 까닭은
바로 지금의 '내'가 있기 때문이다.

302
마음이 여유로운 이에겐 삶에 주름이 잘 잡히지 않는다.

303
배움을 위해 옛날 속으로 들어가는 까닭은
오직 지금 여기로 지혜를 캐어 돌아오기 위해서이다.
실사구시(實事求是)가 아닌 것은 진정한 배움이라 할 수 없다.

304
가장 심오한 음악 감상은

우리 내면의 진실한 소리를 들을 수 있는 것이다.

305
하늘의 마음엔 배척이라는 경계선이 없어서
‘이쪽 편과 저쪽 편’을 나눌 줄을 모른다.
서로 편을 나누면 경쟁과 반목은 피할 수가 없는 법이다.

306
삶의 여행이라는 체험은
느낌에서 시작해 느낌으로 돌아오는 영혼의 윷놀이판이다.
모든 체험의 본질은 느낌 속에 있다!

307
우리들 모두는
우주라는 아름답고 광활한 한 편의 시에
‘하나의 문맥’으로 연결되어 있는 자모이다.

308
삶은 쉼 없이 흐르는
생각과 감정의 강물이거니
그 강물은 죄다 고스란히 나의 미래로 흐른다.

309
진정 풀어주어야 할 포로는
한정된 ‘생각’ 안에 갇힌 자기 자신이다.

310
영혼의 아름다운 밑그림이 없이는
삶이라는 채색은 앉을 자리가 없다.

311
자연이 사는 집은 '그저 섭리 그대로'이다.

312
부모가 삶의 행복과 축복을 위해서 아기를 낳듯
신 또한 원죄의 형벌로써가 아니라,
자신의 무한한 사랑과 축복으로 생명을 빚었을 뿐이다.

313
무한한 자유와 기쁨은
'무한한 나'가 잠에서 깨어날 때 같이 깨어난다.

314
세상 모든 것에는 이유가 있다.
세상 모든 것에는 섭리가 있다.
세상 모든 것에는 진실이 있다.

315
영혼의 수확은
자신을 비운 만큼,
자신을 나눈 만큼 더 많아진다.

316

자신의 사고방식에 갇혀 있지 않는 이는
모든 이의 의식을 관통하는 눈,
천지의 눈, 인류의 눈이 된다.

317

초월의 약초를 캐는 심마니는
영혼의 호미를 들고
늘 무아의 산에서 사시(四時)를 보낸다.

318

진정한 용기 없이는
누구도 자신이 원하는 삶을 살 수 없다.
삶의 여정은 끊임없는 도전의 연속이기 때문이다.

319

우리는 모두 사회의식의 토양 속에서 살아간다.
이는 생명이 '어떤 태반' 속에서 사느냐와 같다.

320

어제를 떠나보내지 못하면 기억의 사슬에 묶여
시간의 눈이 자꾸 뒤로 넘어진다.

321

외로움의 강물은 혼자서 건너가기엔 그 물결이 너무 시리다.
그리움의 그늘은 혼자서 간직하기엔 그 폭이 너무 넓다.

322
하늘을 바라보는 눈엔 푸르름이 들어오지만
내면의 우주를 바라보는 눈엔 무한이 들어온다.

323
쓰레기통의 아름다운 덕성이 없었더라면,
주위가 온통 쓰레기장이 되었을 것이다.

324
사람들은 저마다
자신이 중요시하는 가치의 잣대로
타인과 세상을 꼼꼼히 재단하는 컴퍼스로 살아간다.

325
역사를 배운다는 것은 시간의 거울을 통해
삶의 새로운 전망을 얻기 위한 것이요
인간과 세상사의 본질을 꿰뚫어보기 위한 것이다.

326
때론 눈이 입보다 더 많은 말을 한다.

327
순간과 영원 사이엔 많은 생각이 끼어 있다.
너와 나 사이에도!

328
깨달음의 산소를 품지 않은 사회의식은

수없는 생명을 안고 있는 섞은 물과 같다.

329
모든 사람은 자기가 그린 욕망의 그림 속에서
평생을 살다가 간다.

330
상대의 이해가 곧 나의 이해가 될 때
이해의 프리즘에 밝은 빛이 더 많이 들어온다.

331
삶은 누구나 자신이 쓰는 이야기이므로
스토리를 바꾸는 건 작가 마음이다.

332
다른 이가 쓰는 삶의 이야기에
괜한 간섭을 하는 이는
자신의 이야기에 잉크가 마름을 알지 못한다.

333
피해의식이란 그 심리 속을 들여다 볼 때만 빠진다.
그것은 자신에게 면죄부를 주는 한 방법이기도 하다.

334
사랑을 표현하는 천 가지 방법은 늘
자기존중에서 그 불씨를 빌려간 것이다.

335
자각의 시선이란 늘
자신을 떠난 곳에서 조망이 더 또렷해진다.

336
타인을 적으로 보는 한
적의 울타리만 가득한 세상이 된다.

337
우리가 삶을 위해
숱한 고층 빌딩보다 더 높이 세워 올려야 하는 건
'함께 번영할 수 있는 높은 가치와 이상'이다.

338
우리의 품성은 우리 내면의 외적 얼굴이다.
모든 행위는 그 영혼의 얼굴을 고스란히 비추어준다.

339
우리에게 차이가 존재하는 건
사랑을 표현하기 위한
다채로운 빛깔이 필요하기 때문일 뿐!

340
삶의 표면에서만 스케이트보드를 타면
인생만사가 늘 표면에서만 구른다.

341
죄와 불행이 사는 곳은 한 곳뿐이다.
잘못된 생각과 굳어진 마음과 협소한 의식!

342
못 이룬 사랑이란 깨어진 꽃병과 같아서
마음 바닥에 흩어져 깨어진 향기를 남긴다.

343
적절한 비판은 약이 되지만 그렇지 않는 비판은 독이 된다.
약과 독을 잘 구별할 수 있는 사람만이 비판의 가치를 안다.

344
자신감은 연습과 경험에서 생기는 것이다.
현재 할 수 있는 일을 지속적으로 해야 한다.
작은 성취감이 쌓여서 큰 성취를 만드는 동력이 된다.

345
타인을 돕지 않는다면 어떤 지성도 대단할 것이 없다.
자신의 이익을 나누지 않는다면 어떤 성공도 대단할 게 없다.

346
삶에 있어 가장 중요한 건
재산을 키우거나 지식을 키우는 게 아니라
우리의 가슴을 키우는 것이다.

347
모든 지혜는 미루어보는 '추론 능력'으로 통한다.
추론의 눈은 하나를 통해 두셋 혹은 그 이상을 본다.
아울러 이것을 통해 저것을 보고 현재를 통해 미래를 본다.

348
아픔을 함께 할 수 있는 벗은
내 눈물 곁에 서 있는 삶의 영롱한 이슬이다.

349
'나'에 대한 깊은 이해의 숲을 거닐면
삶의 부질없는 생각들은
그 맑은 영혼의 공기 속에서 절로 풀려진다.

350
삶은 우주와 함께 빚는 하나의 퍼즐이라서
우주일체의 맥락에서 한 가지라도 벗어나면
이 빠진 부실한 퍼즐이 된다.

351
빛과 어둠은 쉼 없는 우주의 모래시계다.

352
감정은 생각의 그림자라서 생각에 따라서만 움직인다.
올바른 생각은 좋은 감정을 만들어내는 유일한 질료다.

353
'지금 여기 이 순간'이
나를 찾아온 하느님의 미소 띤 얼굴이다.

354
승자만을 위한 세상엔 패자가 쉴 그늘이 없다.
세상의 반 이상이 늘 패자임에도….
패자를 배려하지 않는 것, 이는 미개한 문명의 보편적인 속성이다!

355
불행을 믿는 건 불행에 삶의 전부를 투자하는 것이다.
행복을 믿는 건 행복에 삶의 전부를 투자하는 것이듯!

356
왜 사는지 모른다면 100년을 산들 무슨 의미가 있는가?
목숨을 다해 꼭 알아내야 할 단 한 가지가 있다면
그것은 바로 삶의 이유와 가치일 것이다.

357
두고두고 잊히지 않는 사람은 두 가지 경우인데
하나는 깊은 원한 때문이고,
또 하나는 깊은 그리움 때문이다.

358
예의는 하얀 접시나 받침대와 같아서
상대를 있는 그대로 존중해주는 게 그 기본형이다.

359

마음의 크기는 사랑의 크기와 비례한다.
마음의 폭이 광활한 이는
무한한 생명 에너지의 살아있는 피라미드다.

360

영혼의 샘이 깊은 이는
함께 나누는 삶이 함께 번영하는
가장 아름다운 생명의 길임을 안다.

361

최고의 존중은 조건 없는 존중이요
최고의 선행은 조건 없는 선행이다.
최고의 행복은 조건 없는 행복이요
최고의 사랑은 조건 없는 사랑이다.

362

성자의 삶은 진리를 밝히는 하나의 길이다.
하지만 그 길은 광대하여
여러 개의 새로운 길로 늘 열려 있다.

363

여성은 신성의 불꽃이다.
이 신성의 불꽃을 통하지 않고선
생명을 얻은 자 아무도 없느니!

364
없음이라는 각도에선
먼지 한 올이나 무한한 우주나
'하나의 눈' 속으로 들어온다.

365
생각의 입자는
창조의 첫 번째 빛이자, 에너지의 영원한 생혈이다.

366
삶과 죽음을 함께 보지 않는 눈은
한쪽 바퀴가 빠진 수레와 같아서
영혼의 길을 갈 수가 없다.

367
사람들은 저마다 일생동안
자기 마음의 지도 속에서만 산다.
오직 깨어난 의식만큼이 그 자신의 영역이므로!

368
신선한 채소를 나누는 것보다
신선한 마음을 나누는 게
우리의 삶을 더 싱싱하게 만든다.

369
마음이 천국이 되지 않으면
우주 끝 어디를 가도 천국을 찾을 수 없다.

370

욕계도 마음 안에 있고, 선계도 마음 안에 있다.
세상 그 어디든 살든
세속도 탈속도 다 내 마음 안에 있는 것이다!

371

내면에 흔들리지 않는 고요를 갖는 것보다 더 가치 있는 일이
있으랴.
내면에 깨어지지 않는 진리를 터득하는 것보다 더 의미 있는 일이
있으랴.

372

대하(大河)를 만드는 것은 작은 물방울이듯
작은 실천 하나도 쌓이고 쌓이면 습관이 된다.
누적되는 작은 변화가 나를 바꾸고 내 인생을 바꾼다.

373

가슴 속이 깊은 사람은
모든 아름다움의 깊이를
모든 만남의 갈피 속에 짓는다.

374

영혼을 밝히는 성유(聖油)는
너의 아픔이 나의 아픔이 되고
너의 기쁨이 나의 기쁨이 될 때 더욱 풍성해진다.

내 영혼의 조각보

375
아버지, 어머니의 눈물 속으로 들어가
울어보지 않고선 그 눈물의 깊이를 재어 볼 수 없다.

376
진정한 부는 소유의 크기가 아니라
얼마나 나누었느냐는
'베풂의 재산'으로 측정되어야 한다.

378
자각의 계단은 올라갈수록 시야가 넓어지고
겸손의 계단은 내려갈수록 품성이 깊어진다.

379
자비의 물고기는 오직 용서의 찌만을 문다.
대자비의 마음이란 조건 없는 용서를 통해서만 만들어진다.

380
사랑은 자석이 아니지만
사랑의 자장이 큰 이에겐
사람들이 떠나지를 않는다.

381
선정적인 문화는
여성의 존엄성을 훼손케 하고 과도한 욕망을 부추긴다.
옷을 벗기는 문화는 영혼의 알맹이까지 벗긴다.

382
목소리에는 수많은 표정들이 들어있어서
때론 그 표정이 말의 의미 그 이상을 만들어낸다.

383
핵폭탄과 같은 온갖 무기 속엔
인류의 수없는 야만과 무지와 두려움이 숨어 있다.
그것은 인류의 가장 거대한 어리석음 덩어리에 불과하다.

384
문화의 살결에는 수많은 감각과 의식의 역사가 새겨져 있다.

385
가슴과 머리를 조화시키고
현실과 이상을 조화시키는 것이
조화로운 인간이 되는 첫걸음이다.

386
'떫은 감'이 나무에 앉아 햇빛 명상을 더 하지 않고서
돌아다니면 떫은 맛이 세상의 맛이 된다.
모든 것은 제대로 익을 때를 기다릴 줄 알아야 한다.

387
생각이 깊은 샘은
자기 안에 '관조의 거울'을 만들어낸다.

388
자연의 마음엔 너와 너를 가르는 이분법이 없다.
사랑과 조화는 언제나 이분법 너머를 지향한다.

389
모든 사람이 신으로 보이지 않는 이는
신이 어디에 계신지 영원히 알 수 없다.

390
여유에 대한 이해가 부족한 사회는
서로의 영혼을 향하여 끝없이 클랙슨을 울린다.

391
행동은 결코 그 마음 수준을 넘지 못하고
말과 글도 결코 그 영혼 수준을 넘지 못한다.

392
가슴의 진실로 하지 않은 말은
끝내 가슴의 진실이 될 줄 모른다.

393
자만이나 자기도취는 성장과 발전의 커다란 족쇄다.
그 족쇄를 과감히 깨지 않고서는
결코 새로운 나도 새로운 미래도 만날 수 없다.

394
생명을 위한 가장 좋은 산소는
깨달음의 깊은 숲에서 나온 영혼의 산소다.

395
몸을 잘 돌보는 것은 삶에 대한 제1의 친절이다.
몸은 우리 목숨이 기거하는 유일한 집과 같으므로!

396
우주의 시작에서 끝으로 가는 다리는
마음과 무한 사이에 놓인 다리다.

397
밑 빠진 독은 물속으로 들어가야 물을 채울 수 있고
밑 빠진 마음은 무심 속으로 들어가야 무한을 채울 수 있다.

398
들을 마음이 없는 사람에겐
황금의 말도 꺾어진 납 조각이 된다.

399
누구의 마음 주머니에나
오해와 착각의 짐이 가득 들어 있지만
살면서 이것을 줄여가는 이는 극히 드물다.

400
지상에는 세 가지 사람이 존재한다.

내 영혼의 조각보

자신의 행복만 생각하는 사람
다른 사람의 행복까지 생각하는 사람 그리고
우주 만물의 행복과 조화까지 생각하는 사람!

401
산도 그대로요 물도 그대로다.
나도 그대로요 하늘도 그대로다.

402
영혼의 고요함 속에는 부족함이 없다.
부족함은 언제나 마음의 분란 속에만 있는 것이다.

403
자신에 대한 이해와 사랑은
언제나 행복의 첫 번째 관문이 된다.

404
지키지 못한 약속도 거짓말의 일종이다.
깨어진 약속은 때로 마음을 깊이 베어낸다.

405
세상이란 사람들이 만드는
욕망의 끝없는 밀물과 썰물 속이다.
삶이란 언제나 욕망의 바다 속에 있는 것이다.

406
기분 나쁜 눈빛은 때로
심각한 결례나 소리 없는 폭력이 된다.

407
지식이 서로를 이어주는 곡선이 되지 않을 땐
'서로'를 갈라놓는 경계의 직선이 된다.

408
어느 분야든 고수는 안목이 가장 뛰어난 사람들이다.
어느 분야든 높은 안목 없이 고수가 되는 법은 없다.

409
오해는 늘 오해들과 어울려 다니고
이해는 늘 이해들과 어울려 다닌다.

410
마음의 벽은 눈에 보이지 않지만
때로 그것은 그 어느 벽보다도 높고 견고하다.

411
이해와 공감보다 판단과 충고가 앞서면
그 상처엔 금이 한 번 더 간다.

412
깨어진 그릇보다
서로의 깨어진 마음이 붙이기가 더 어렵다.

413
타인의 삶에 미소를 얹어주지 못하는 삶은
자신의 삶에도 미소를 얹지 못한다.

414
생각과 행동의 대부분은 무의식에서 나온 파도와 같다.
삶은 무의식의 바다에 떠 있는 배와 같으므로
무의식의 영향을 받지 않는 생각과 행동은 거의 없다.

415
소통의 의미를 알고 나면
세상엔 열린 귀를 가진 사람이
많지 않다는 걸 알게 된다.

416
사람을 아는 가장 빠른 방법은
그의 욕망과 상처를 아는 데 있다.

417
약속 안에는 두 가지 칼날이 들어있다.
믿음을 세워주는 칼날과 믿음을 베어내는 칼날.

418
진심이 담기지 않은 말은 날개 없는 새와 같다.

419

무욕은 언제나 욕망의 맑은 거울이 되고
성인은 언제나 속인의 밝은 거울이 된다.

420

초연히 '마음'을 내려놓지 않으면
선계의 술은 영원히 마실 수가 없다.

421

명상으로 마음이 고요해지면
내 몸이 하나의 사원이 된다.

422

영혼의 눈이 없는 사람들은
밖에 있는 하늘만 볼 뿐
'내 안에 있는 하늘'은 보지 못한다.

423

이해는 사랑의 지붕이요
신뢰는 사랑의 기둥이요
배려는 사랑의 주춧돌이다.

424

생의 바다는 언제나 인연의 출렁임으로 가득하다.
인생이란 인연을 따라 세월이라는 파도를 타는 마음의 서핑이다.

내 영혼의 조각보

425
식견이 짧은 사람은 생각이 늘 쳇바퀴 속에 머문다.
생각이 쳇바퀴 속에 머물면
언제나 삶과 세상의 일부밖에 보지를 못한다.

426
세상에 사랑보다 더 정의로운 것은 없다.
사랑의 테이블에서 논의되지 않는 정의는 모두 가짜다.

427
내 안의 공기와 내 밖의 공기가 만나면 숨결이 되고
내 안의 마음과 내 밖의 마음이 만나면 교감이 된다.

428
연륜이란 행동을 통해 밖으로 드러나는 시간의 나이테다.

429
다 쏟아내지 못한 어두운 감정들은
꼭 삶의 어느 굽이인가를 막히게 한다.
억압된 감정들은 내면 속의 지뢰들이다.

430
좋은 습관들은 삶을 행복의 길로 안내한다.
나쁜 습관들은 삶을 불행의 길로 안내한다.

431

세상의 모든 아름다움을 발견하라.
그것은 삶의 행복한 숙제이자,
인간만이 누릴 수 있는 더없는 축복이다.

432

참된 명상이란 나로부터 자유로워지는 출구다.
그것은 아집과 번뇌를 으깨는 영혼의 맷돌이다.

433

잊어버린 기억은 과거를 삼키고
잃어버린 꿈은 현재와 미래를 삼킨다.

434

삶의 모든 소외들은 먼저 마음의 소외에서 비롯된 것이다.

435

가난을 맛보지 않은 사람은
그 안에 참으로 많고 많은 굴곡이 있다는 것을 알지 못한다.

436

글은 삶과 영혼의 진실을 담는 무형의 그릇이다.
천년이 지나도 깨어지지 않는 그릇이요,
천년 전의 마음을 천년 후에 전하는 그릇이다.

437

내 영혼의 빛은 오직

이해와 수용과 사랑이 공급되는 만큼만 밝아진다.

438
외면하고 또 외면해서 우리가 얻는 건
삶의 냉기와 서로 멀어진 '거리'뿐이다.

439
누구에게나 크고 작은 상처가 있지만
그 상처를 온전히 껴안을 수 있는 이만이
자신의 상처로 삶의 진주를 만들어낸다.

440
눈높이를 맞추어야 마주볼 수 있듯
내게 아픔이 없으면 다른 이의 아픔에
눈높이를 정확히 맞추기 어렵다.

441
생각을 다듬으면 말과 글이 다듬어지고
말과 글을 다듬으면 생각이 다듬어진다.

442
자신을 잘 알지 못하는 것은
늘 시력이 맞지 않는 안경을 쓰는 것과 같다.

443
마음은 빛보다 더 빠르며,
물결보다 더 많은 결이 있다.

444
시간의 결은 쓰기에 따라
부드러워지기도 하고 거칠어지기도 한다.
시간의 결은 언제나 마음의 살이 빚는 까닭에!

445
꿈과 희망의 불씨가 없이도 앞을 볼 수 있는 사람은 없다.

446
세상에 가치 없는 사람이 없듯이 가치 없는 인생도 없다.
아직 자신의 가치를 모르는 사람과
가치를 찾지 못한 인생이 있을 뿐이다.

447
삶의 모든 것이 누적이요
세상의 모든 것이 누적이다.
인생이란 누적의 다른 이름일 뿐이다.

448
용기란 자신을 믿을 수 있을 때만 눈을 뜬다.
자신을 믿을 수 있는 힘은 꺼지지 않는 삶의 불빛과 같다.

449
섹시함에 미의 초점이 맞추어진 세상은
여성의 옷도 벗기지만, 남성의 정욕도 쉼 없이 벗긴다.

450

깨어진 꿈은 그 날을 자기 가슴에 꽂는다.

451

초침이 모든 시간을 끌고 가듯이
감정초침이 생의 모든 시간을 끌고 간다.

452

좋은 책은 그 속에 길고 긴 길을 가지고 있다.
수많은 사람이 찾아가고 또 찾아가도 끝나지 않는 길!

453

들을 마음이 없을 땐 한마디 말도 길지만,
들을 마음이 많을 땐 긴 이야기도 계속 이어진다.

454

마음이 통하는 만큼 말은 길어지고
말이 통하는 만큼 교감은 깊어진다.

455

'따뜻한 눈빛'의 온도는 측정되지 않지만
마음을 따뜻이 데우는 데는 부족함이 없다.

456

깊이 들을 수 있는 것은
'깊이 담을 수 있는 넉넉한 마음'이 있을 때만 가능하다.

457
따뜻한 말에 담긴 '불씨'는
듣는 이의 '마음의 심지'에 불을 환히 밝힌다.

458
'나이'의 질량은
시간의 길이가 아니라
영혼의 폭과 깊이로 재어진다.

459
이해는 가슴을 여는 열쇠이기에,
서로를 이해하는 만큼 더 가까워진다.
누구나 자신을 깊이 이해해 주는 사람에겐 마음을 여는 법이다.

460
모든 소리들은 고요의 자식이요
모든 이야기들은 마음의 지류이다.

461
고요함이란 시간에도 속하고
공간에도 속하지만
무엇보다 '마음의 속성'에 속하는 것이다.

462
후회의 바퀴는 늘 시간의 뒤로 돌아갈 뿐이다.
생이 시간의 앞으로 가려면 모든 회한을 버려야만 한다.

　　　　　내 영혼의 조각보

463
'생각의 샘'은 퍼가면 퍼갈수록
그 속이 더 깊어진다.

464
깨어있는 마음은 흔들리지 않고
깨어있는 영혼은 늙지 않는다.

465
새로운 삶이란 의식 수준이 달라질 때 드러난다.
새로운 세상이란 집단의식이 달라질 때 드러난다.

466
사람은 결코 쉽게 변하지 않는다.
늘 자기의식의 테두리에 꽁꽁 묶여 있기 때문에!

467
타인을 무시하는 것은
타인에 대한 마음의 폭력일 뿐 아니라
자신의 마음에도 커다란 균열이 가게 하는 일이다.

468
마음이 담대하지 않으면 일상에 느긋함이 없고
생각이 원대하지 않으면 인생에 고매함이 없다.

469
모든 아름다움의 기초는
생명을 생명답게 하는 데 있으니,
조화옹의 기법도 또한 이와 같았다.

470
끝없이 잇닿는 생의 욕망들을
섭리에 맞게 쓰는 것이
생을 잘 살아가는 최고의 비결이다.

471
세상의 숱한 이면을 보지 못하면
삶의 진실 또한 겉면만 보게 된다.

472
마음의 추이를 잘 관(觀)하지 않으면
내가 어디로, 어떻게 흘러가는지를 알지 못한다.

473
세상의 수많은 길 못지않게
마음속에도 수많은 길이 있으니
어느 길을 가느냐는 자신의 선택일 뿐이다.

474
글을 읽는다는 건
'그 글이 씌어졌던 영혼 속'을 거닌다는 것이다.
좋은 책은 영혼의 숲과 같다.

475
세상의 가장 큰 불행은
이기심밖에 모르는 탐욕스런 이에게
많은 돈과 권력이 쥐어지는 경우이다.

476
갈등의 대부분은
'타인의 마음을 살필 수 있는 눈'이 부족할 때 생긴다.
마음을 살필 수 있는 눈은 배려심과 겸허함을 가질 때 떠진다.

477
비방은 서로의 관계를 마비시키고
함께 감전되는 정신적 전류와 같다.

478
행복과 불행은 언제나
나의 크고 작은 욕망을 따라다닌다.
모든 행복과 불행은 내 욕망의 그림자일 뿐이다.

479
세상에 병균이 전염되는 것보다 때로
잘못된 사상이나 신념이 전염되는 것이 훨씬 더 위험하다.

480
사회문화와 집단의식 속에서
개인이 결코 자유로울 수 없는 것은
물고기가 물속의 영향을 받지 않을 수 없는 것과 같다.

481
마음이 깊은 이만이 다른 이의 아픔을 볼 줄 안다.
마음이 따뜻한 이만이 다른 이의 어려움을 헤아릴 줄 안다.

482
삶에는 세 가지 눈이 필요하다.
자신의 마음을 볼 수 있는 눈과
다른 이의 마음을 볼 수 있는 눈
그리고 이 모두를 보고 있는 하늘의 마음을 볼 수 있는 눈!

483
마음을 다스리는 법을 배우지 못하면
행복을 깃들게 하는 법도 배우지 못한다.

484
이해에 눈감은 만큼
오해는 더 크게 눈을 뜬다.

485
가슴속에 상처가 많은 사람은
누구를 만나도 그 상처 부분이 먼저 닿는다.

486
마음속에 상처는 그림자와 같아서
결코 그냥 그대로 안에 숨어있는 법이 없다.

내 영혼의 조각보

487
인간이 끝내 건너지 못하는 다리는
타인에 대한 온전한 이해다.

488
술은 사람을 취하게 만들어서,
그 속에 얼마나 많은 불행과 죄악의 씨앗이 들어있는지를 모르게
한다.

489
말은 무게를 달 수 없지만
때론 한마디 말이 바위보다 더 마음을 가라앉힌다.

490
사람은 저마다 자신의 생각으로 사람을 재지만
그 측량은 잘못될 때가 많다.
단지 '자신 마음 잣대'로만 재는 까닭에!

491
아파 본 후에야 건강을 생각하게 되듯
'깊은 고뇌'에 차 보지 않으면
삶의 의미를 제대로 생각해보지 못한다.

492
대화 속에는 수많은 길이 있어서
때로 미로 속에서 길을 잃는다.

493
좋은 책은 그 시대의 첫 번째 산소다.
좋은 독자는 그 산소를 가장 많이 접하는 사람이다.

494
'나'란 사람은 하나지만
사람들의 마음속에 있는 '나'는 수많은 다수다.

495
시험 끝나고 생각난 답이 무용지물이듯이
때를 잘 맞추지 못하면 '똑같은 일'도 전혀 '다른 일'이 된다.

496
자신과 화해하지 않으면
끝내 삶과도 화해하지 못한다.

497
민족 · 인종 · 종교 · 이념에 대한 우월주의는
전쟁과 분쟁을 일으키는 가장 화려한 눈먼 불써다.

498
만족도 불만도 오직 욕망 때문에 생기는 것이요,
성취감도 좌절감도 오직 욕망 때문에 생기는 것이다.
욕망에서 초연하지 않으면 삶에 초연할 수 없는 것은 이 때문이다.

499
나를 깨우는 경전은

내 삶을 철저히 성찰하는 것만한 게 없다.

500
인간을 이해하는 깊이는
인생을 이해하는 깊이와 맞닿아 있고
그 깊이는 또 그 자신의 영혼의 깊이와 맞닿아 있다.

진리를 전달하는 가장 좋은 방법은
사랑으로 말하는 것이다.
사랑을 담은 말만이 귀에 들리기 때문이다.
- 소로우

　이 글들은 저의 오랜 구도의 방황 속에서도 나왔고, 혹은 깨달음
의 빛에서, 혹은 이상과 꿈속에서, 혹은 실수와 번민 속에서, 혹은
아픔과 절망 속에서, 혹은 애타는 기다림과 그리움 속에서 나왔습
니다. 내 안에 빛이 있어서보다 내 안에 지혜의 빛을 찾아가면서 나
왔습니다. 말을 실수하고서야 말의 가치를 알았고, 사람을 잃고서
야 사람의 소중함을 알았습니다. 이 글들은 이처럼 제 자신의 풍요
로움보다 제 내면의 부족함에서 나왔습니다. 그래서 잘난 구석보다
못난 구석이 더 많은 듯합니다.
　근래의 몇 년 동안은 저에게 말할 수 없이 괴롭고 힘든 긴 절망의
시간들이었습니다. 이 글들은 그런 제 가슴에 깊게 고인 눈물과 피
멍울들을 하나 하나 닦아내면서, 스스로를 정화시키며 쓴 글들입
니다. 수없이 고치고 또 고치면서 기쁘기도 했지만 힘들기도 했습니
다. 실로 이 글을 쓰면서 제 스스로의 내면이 많이 다스려짐을 느꼈
습니다. 아마도 '되돌아봄'이라는 성찰의 시간들이 제 삶에 많은 자

각의 씨를 뿌려준 듯합니다.

이런 의미에서 이 글들은 여전히 제 자신을 돌아보게 하고, 쉼 없이 닦아야 하는 제 영혼의 작은 거울이 아닌가 합니다. 가치 있는 생각들도 끊임없이 눈길을 주며 완전히 내 것이 되도록 계속해서 성찰의 물기로 성실하게 닦아주지 않으면 그 빛이 쉬 마를 것입니다. 자기 영혼의 거울이 잘 닦여 있지 않으면 우리는 그 누구도, 그 무엇도, 아니 무엇보다 우리 자신도 온전히 우리 안에 담을 수 없을 테니까요.

또한 이 글을 쓰면서, 생각에서 글이 나오기도 하지만 글이 생각을 발전·숙성시키기도 한다는 것을 절실히 느꼈습니다. 모든 것은 언제나 쌍방향으로 움직이는 듯합니다. 생각이 글을 낳았듯, 글이 생각을 낳습니다. 그러므로 글말을 다듬는 일은 우리의 생각과 의식을 다듬이는 일이 되고, 그처럼 생각과 의식을 다듬는 일은 성장의 길과 영혼의 숲을 거니는 것으로 이어지는 듯합니다. 그런 의미에서 저의 이런 노력들은 어떤 모습으로든 앞으로도 계속 이어질 듯합니다.

며칠 전 어머니께서 제게 보내온 소포엔 몇 가지 과일들과 고기와 반찬들이 들어있었습니다. 그러나 그 속에는 그것들만 들어있었던 게 아닙니다. 그 속에는 아들에 대한 어머니의 사랑과 그리움, 기대와 걱정, 쓸쓸함과 고달픔과 눈물까지도 함께 들어있었습니다. 사물 속에는 늘 그렇게 그 사물의 영혼이 들어 있습니다.

이와 같이 어떤 사물이나 대상 속에 담긴 영혼을 읽는 것 그것이 시의 눈이고 직관의 촉수일 것입니다. 어머니가 보내주신 그 소포 하나 속에도 그토록 묵직한 영혼의 무게가 들어있듯, 삶의 모든 것들 속엔 그 나름의 이유와 존재의 무게가 깃들어 있습니다. 하물며 하나의 영혼으로만 구성되어 있는 '우리들'에게서 이겠습니까! 삶의 모든 것 속에 깃든 뭇 영혼을 읽는 눈과 촉수는 그 속에 담긴 '마음'

1부

을 바라보는 것에서 시작될 것이고, 또 그 시작은 언제나 자신의 내면을 바라봄에서 그 싹을 틔울 것입니다. 정녕 깊은 마음의 눈을 가진 이라야 모든 것에서 영혼의 빛을 볼 수 있을 것입니다. 언제고 영혼의 소경은 끝내 스스로가 소경인 줄을 알지 못할 것이요, 세상과 천지만물에 숨겨진 숱한 빛을 보지 못할 테니까요.

하늘 아래 모든 이가 마음의 눈으로 세상의 더 많은 아름다움과 신비를 함께 볼 수 있기를. 모든 경계를 허물고 이 마음과 저 마음이 서로 포개어져서 나날이 더 깊어질 수 있기를! 모든 이가 삶의 길목 모든 굽이에서 영혼의 눈을 뜰 수 있기를, 그리하여 우리 모두가 그 영혼의 눈으로 서로의 가슴속에 따뜻한 사랑의 온기를 전할 수 있기를…….

2005. 12

내 영혼의 조각보

2부

501
삶의 아름다움이란 언제나 마음을 따라 움직이는 것이다.
사랑과 진실됨이 언제나 마음을 따라 움직이는 것이듯이!

502
진리와 정의의 편에 가만히 서 있는 것은
그 밖에서 계속 움직이는 것보다 훨씬 어렵다.

503
사회주의와 자본주의의 심장엔 깨달음(영성)이라는 혈액이 없다.

504
편견과 오해와 착각은 뿌리가 깊어서
때로 죽을 때까지 뽑히지 않는다.

505
물리적 시간은 하나이지만
마음속으로 흐르는 시간은 수천수만의 다른 물꼬를 튼다.

506
광활한 정신세계를 가지지 못한다면
누구들 어찌 인생을 안다고 할 수 있겠는가!
누구들 어찌 멋진 인생을 살았다고 할 수 있겠는가!

507
절망은 모든 사람이 한번쯤은 밟고 지나간 오랜 길이다.

508

발이 없이도 그리움은 마음을 멀리까지 데려가고
손이 없이도 걱정은 마음을 꼼짝도 못 하게 한다.

509

똑같은 한 '단어'도 사람마다 다른 색깔과 무게를 지닌다.
각자의 마음속에선 서로 다른 의미의 뿌리를 내리기 때문이다.

510

숯불은 타오르는 그 끝보다 그 속이 더 뜨겁다.
참된 열정을 지닌 사람이 늘 그러한 것처럼!

511

사람을 얕잡아 보면 어떤 것이든 다 우습게만 보인다.
이미 자신의 마음이 멸시의 막으로 덮여 있는 까닭에.

512

정직하지 않은 행동은 부도 수표와 같아서
그 결과가 반드시 자신에게로 되돌아온다.

513

아무리 좋은 충고도
상대에 대한 존중 없이는
말의 코가 부러진다.

514

내가 쓰러져 있을 때

사람들의 마음자리는 더 잘 보인다.

515
똑같은 말도 듣는 사람의 '마음 각도'에 따라
저마다 다른 의미로 굴절된다.

516
사람은 누구나 일생동안
잠시도 놓치지 않고 꼭 붙들고 있는 게 있다.
'자신의 생각과 마음!'

517
몰입은 나를 잊는 데서 시작되고
겸손은 나를 놓는 데서 시작된다.

518
사람은 일생동안
'다른 이'의 마음 저울에
수없이 재어지고 또 재어진다.

519
마음을 쉽게 건네주는 이는
또한 마음을 쉽게 거두어 간다.
그 마음의 속성이 같은 것임으로!

520
우월감에는 반드시 오만함의 그림자가 따른다.
열등감에는 반드시 자괴감의 그림자가 따른다.

521
진실한 사람은 내면의 빛으로 밖을 비추는 사람이다.

522
계절과 무지개에도 마디가 있듯
말이나 행동에도 적절한 마디가 필요한 법이다.

523
만남이란 오직
상대를 대하는 '자신의 마음 깊이'만큼만 깊어지는 법이다.

524
삶을 바꾸려면 무엇보다 관점을 바꿔야 하고
관점을 바꾸려면 무엇보다 초점을 바꿔야 한다.
　내가 찾을 수 있는 삶의 기쁨과 가치와 가능성에 온 마음을 다
모아야 한다.

525
평정심을 얻은 이만이 진정으로 자적할 수 있다.
겸손함을 얻은 이만이 진정으로 성숙할 수 있다.

526
그 마음에 주로 담기는 것이

곧 그 영혼의 얼굴이 된다.
하늘 아래 단 한 명의 예외도 없다.

527
똑같은 공간과 시간에 함께 있어도
그 공간과 시간이 마음속으로 찾아가는 길은
늘 제각각이다.

528
새로운 시각이란
부정이 아니라 긍정에서 나오는 것이요,
쉼 없이 움직이는 탐색의 눈에서 나오는 것이다.

529
대부분의 사람은 늘
자신의 삶을 1인칭 시점으로 밖에 보지 못한다.

530
정직하지 않은 정치인은 눈금 없는 자와 같다.
공정하지 않은 공직자는 눈금 없는 저울과 같다.

531
영성을 탐구하지 않는 문학은
영혼의 소경이 쓰는 문학과 다를 게 없다.

532
삶의 본질은 영혼의 길을 찾아가는 데 있고
영혼의 길은 하늘의 마음과 하나되는 데 있다.

533
가난한 삶을 이해하는 데는 '가난'만한 재산이 없고,
외로운 사람을 이해하는 데는 '외로움'만한 재산이 없다.

534
생각과 행함 사이에는 늘
보이지 않는 '습관의 벽'이 가로놓여 있다.
그러한 벽들을 허물 때 생각과 행동은 빠르게 일치한다.

535
마음이 평온하지 않으면
눈빛과 말과 행동도 흐려지고,
삶 또한 흐릿해진다.

536
순수함을 잃은 마음은
금이 간 그릇이나 엎어져 있는 그릇과 같다.

537
정직과 진실로 이룬 성공이 아니라면
그것은 세상을 잘 속인 것에 지나지 않는다.

538

삶의 장애는 언제나 내가 미처 깨닫지 못한 것들 속에 있다.
그런 점에서 삶의 모든 장애는 내가 깨우쳐야 할 것을 일깨운다.

539

'나'란 누적된 마음과 생각이 만든 것이다.
자신의 심리적 속성과 습관을 잘 자각하는 것은
자신을 깊이 이해하고 치유하는 데 최고의 열쇠가 된다.

540

내가 포용할 수 있는 만큼이 곧 내 마음의 그릇이다.

541

상처받을 수 없을 만큼 마음이 커진 사람,
그런 사람이 초인이다.

542

두려움과 근심 걱정은 오직
마음이 바라볼수록 그 세포를 증식해 간다.

543

과거를 놓지 않으면 새로운 미래로 갈 수 없다.
원한을 놓지 않으면 새로운 삶으로 갈 수 없다.

544

따뜻함을 잃은 시선은 그 무엇에서도 아름다움을 보지 못한다.

545

자기 내면과 소통을 이루는 것은
모든 것과의 소통을 여는 '영혼의 문'이 된다.

546

마음만큼 깊은 오지는 없고
용서만큼 넘기 힘든 산도 없다.

547

내 삶의 모든 것은 내 마음의 그림자다.
세상의 모든 것은 세상 사람들의 마음의 그림자다.

548

자신에 대한 믿음은
자기 삶을 떠받치는 유일한 기둥이다.

549

상처 속에도 깊이만큼의 뿌리가 있고
습관 속에도 연륜만큼의 나이테가 있다.

550

사랑은 마음의 문을 자꾸 열려고만 하는데
두려움은 마음의 문을 자꾸 닫으려고만 한다.

551

마음에 없는 말을 밥 먹듯 하는 사회는
마음에 있는 말을 늘 숨기고 다니게 된다.

내 영혼의 조각보

552
지각은 머리에서 이루어지지만
이해는 가슴에서 이루어진다.
분별은 머리로 만나고 이해는 가슴으로 만난다.

553
사람들의 마음 사이에는
무수한 첩첩산중이 있다.

554
무시의 불씨는 바라만 봐도 번지고
사랑의 불씨는 생각만 해도 번진다.

555
성격적 결함은 대부분 삶의 결함으로 이어진다.

556
내가 한 모든 행동은
나에게도 되돌아오는 부메랑과 같다.
삶은 늘 나의 메아리로 가득한 계곡과 같다.

557
선한 마음도 지혜가 없으면 때로 절뚝발이가 된다.
현명함이란 지혜와 선덕을 함께 갖출 때 이루어지는 것이다.

558
'베풂'이란 오직 마음의 부자만이 가질 수 있는 재산이다.

559
고요한 방의 촛불처럼
내면이 고요할 때 마음의 빛은 더욱 빛난다.

560
사랑에 완성이란 없다.
사랑은 끊임없이 주고받는 교감의 과정이므로!

561
마음은 그 어떤 것이든
자기와 닮은 것을 자꾸 끌어당긴다.

562
감정에도 물결이 있어서
그 곁에 있는 사람은 늘
그 물결에 얼마간 젖게 된다.

563
시간을 아껴 쓰는 것은
인생을 풍요롭게 하는 가장 좋은 방법 중 하나다.

564
사랑하는 마음의 폭이 그대로
그 사랑이 누릴 수 있는 행복의 폭이 된다.

565
삶의 섭리란 신의 숨결이 담긴 우주의 맥박이다.

566
자기 부정은 불행의 그림자를 끌고 다니는 것과 같다.
자기 부정은 모든 자기 학대의 출발점이기 때문이다.

567
신은 오직 무한한 사랑의 섭리 속에 집을 짓는다.

568
시는 마르지 않는 언어의 꽃꽂이다.
아포리즘은 문학과 철학 사이의 실뜨기다.

569
수많은 실패도
좋은 결실 속에선
하나의 의미 있는 과정이 된다.

570
그 무엇이든 사랑이 되지 못한 것은
행복과 평화에서도 좀 더 멀어지게 된다.

571
하느님의 나라는 깨달음의 나라라서
그 나라는 오직 우리의 의식 안에 있다.

572
마음의 오지는
우리가 망각하거나 부정한 모든 것들 속에 있다.

573

내면의 오지를 밝히는 것은
진정한 나를 찾는 첩경이 된다.

574

누구나 마음에는 기본적인 두 흐름이 있다.
'숨기고 싶은 마음'과 '드러내고 싶은 마음'

575

세상을 덮고 있는 것 중에
이기심보다 더 거대한 장막은 없다.

576

모두가 같으면서 서로 다른 것
그것이 우리 영혼의 기본형이다.

577

자기 자신에게 진실할 수 있어야
모든 진실 앞에 부끄럽지 않을 수 있다.

578

내 마음과 의식이 내 운명이 쓰이는 첫 페이지다.

579

자신의 마음 너머로 가보지 못하면
일생 자기의식의 테두리 속에 갇히게 된다.

내 영혼의 조각보

580

삶은 마음의 씨앗으로 짓는 '긴 농사'와 같다.

581

이해의 불씨는 이해로 번지고
편견의 불씨는 편견으로 번진다.

582

진실한 글에는 글쓴이의 영혼이 들어있어서
자주 접하면 읽는 이의 '삶의 살'에 일부가 된다.

583

책은 하나의 영혼이
다른 영혼 속으로 들어가는 아름다운 오솔길이다.

584

이해받지 못한 가슴보다 더 갑갑한 것은 없고
소통되지 않는 대화보다 더 답답한 것은 없다.

585

가득 채워진 그릇일수록
자신에겐 빈 공간이 없음을 알지 못한다.

586

내가 가지고 있는 '마음'이
어떤 것인지 알려면
그 마음을 내려놓아 보아야 한다.

587
넘버원이 아니라 온리원을 지향해야 한다.
그래야 추월이 아니라 초월을 얻을 수 있다.

588
내면의 하늘을 가리고 있는 것은
내가 만들어 내는 '나'에 묶인 생각과 감정들이다.

589
늘 감사할 줄 아는 마음은
행복으로 가는 첫 번째 초대장이다.

590
진정한 우정이나 사랑은 언제나
이해타산 너머에 있다.

591
사랑을 잃어버린 종교는
불빛이 없는 집과 같다.

592
'마음과 무의식 사이'를 온전히 이해하는 건
삶의 속성을 이해하는 시작과 끝이 된다.

593
마음의 눈이 없으면
꽃의 시듦은 보아도

영혼의 시듦은 보지 못한다.

594
싱싱한 눈빛도 싱싱한 목소리도
다 싱싱한 마음에서 나온다.

595
마음의 첫 모습은
생각을 다 내려놓지 않고서는
끝내 볼 수가 없다.

596
사색과 성찰이 없는 삶은
가로대가 부러진 사다리와 같다.

597
좋은 말은 꽃씨와 같아서
그 안에 다양한 빛깔과 향기를 담고 있다.

598
자각하지 못한 숱한 편견과 고정관념은
사고력의 족쇄요, 창의력의 철창이요, 의식 성장의 늪이다.

599
문자는 의미들이 살아가는 집이다.
작으면서도 무한하고 오래면서도 늘 새로운….

600
미소 지을 수 있는 마음은
서로의 삶을 밝혀주는 깨끗한 조명이 된다.
그 빛이 없이 삶이 밝아지는 사람은 아무도 없다.

601
마음이 먹구름 속에 있으면
온 세상이 먹구름 속에 머문다.

602
육체는 영혼의 빛이 켜지는 신성의 심지다.

603
생각에 여백을 두는 것은
현명해지기 위한 필수 과제다.

604
진심과 전심에 결심이 더해질 때
마음 에너지가 최고치가 된다.

605
세상은 무수한 욕망과 의식들의 교접 무늬다.
한 사람의 생이 그 욕망과 의식의 교접 무늬이듯이.

606
삶은 마음이라는 필름을
세상에 비추는 하나의 영사기이다.

607
깊은 문제의식의 호미가 없으면
'어떤 진실'도 '어떤 진리'도 캐낼 수가 없다.

608
세상 어디든 무관심과 냉대는
생의 꽃밭을 쉬 시들게 만든다.

609
눈빛은 사랑의 저수지요
포옹은 사랑의 울타리요
행복은 사랑의 그림자다.

610
깨어있는 감각이란 만물에 닿는 맑은 프리즘이다.

611
깊고 따뜻한 말은 대개
깊고 따뜻한 가슴에 가 닿는다.

612
진정으로 깊이 들을 수 있는 마음은 하나의 '명상'과 같다.

613
사람은 스스로의 믿음만큼만
다른 사람을 신뢰한다.

614
일방적 시선은 직선의 시간으로 서로를 가르고
이해의 시선은 곡선의 시간으로 서로를 잇는다.

615
어떤 것이든 '절정의 경지'는
일정한 법칙 안에 있으면서 또한 그 법칙을 넘어선다.

616
다른 이의 마음을 알기 위해선
다른 이의 심정이 되어 보아야 하듯
하늘을 알기 위해선 하늘의 마음이 되어 보아야 한다.

617
영혼의 울타리는 늘 사랑과 포용력으로 만들어지고
에고의 울타리는 늘 이기심과 두려움으로 만들어진다.

618
모든 문화는 '집단의식'의 그림자이므로
집단의식을 바꾸는 것은
문화를 변화시킬 수 있는 최선의 길이다.

619
고귀한 삶은 그 자체로 만인의 찬란한 거울이 된다.

620
금강석도 사람의 굳어진 의식을 깨지는 못한다.

돌보다 우리의 굳어져 있는 생각들이 더 딱딱하기만 하다.

621
참된 사랑은 자신을 잊어버리거나 놓는 데서 시작된다.
자신을 내어주지 않고서 사랑의 원이 확장되는 법은 없다.

622
자신의 시각과 가슴으로 보고 느끼지 못하면
자신의 생각을 가지지 못하고
어디서든 자신의 걸음으로 걷지 못한다.

623
세상은 오직 하나이지만
사람들이 저마다 마음에 담고 있는 세상은 수없이 많다.
언제나 자기 눈에 비친 세상은 저마다 제각각이다.

624
사랑과 이해는 마음속에 고요한 소리를 내지만
상처와 분노는 마음속에 시끄러운 소리만 낸다.

625
감정의 술에 취하면
어떤 것이든 그 감정의 맛으로만 보인다.

626
근심 걱정의 각도는
늘 그 당사자에게만 깊이 보인다.

627
조건 없는 사랑을 할 때
우리는 신의 마음속에 있게 된다.

628
'마음이 맞닿는 것'은 언제나
모든 만남에 최우선의 과제이다.

629
관심의 작은 불꽃이 때로
'꺼져 가는 마음'이나 '꺼져 가는 생'을 되살리는 좋은 불씨가 된다.

630
감동이란
저 마음과 이 마음이 맞닿을 때 생기는 떨림이나 울림이다.

631
베풂 속으로 걸어가지 않는 지식은
끝내 조화의 자장 속에 스미지 못한다.

632
좋은 방향으로 전환할 수 있다면
분노도 상처도 열등감도 좌절감도 다 에너지가 된다.
그것은 모두 생명 에너지를 발산하는 좋은 연료가 된다.

633
이유야 어찌 되었든

누군가를 미워한다는 것은
하나의 무지나 어리석음과 같다.

634
물은 고이면 늘 수평을 이루듯이
겸허한 마음은 늘 수평적 관계를 지향한다.

635
삶이란 늘 자기 안에 있는 것만
잘 들리고 잘 보인다.

636
의식이 높은 사람과 함께 있으면
높은 산에 오르는 것과 같아서
그 시야와 마음이 절로 넓어진다.

637
나무들만이 아니라
감정들도 모여서 일정한 숲을 이룬다.

638
퇴고란 글의 쭉정이를 걸러내는 체이고,
명상은 마음의 쭉정이를 걸러내는 체이다.

639
인생의 쉼표는 마음을 잠시 내려놓을 줄 알 때만 찍힌다.

640
때로 잘못된 생각보다 더 큰 흉기나 사고뭉치는 없다.

641
그것은 끝없는 감각으로,
끝없는 마음으로 가득 차 있다.
삶과 우주라는 주머니!

642
내 안에 있는 내면세계가
그대로 내 밖에 있는 삶이 된다.
마음은 모든 삶을 빚는 근본 질료다.

643
부모는 생의 첫 문맥이라
그 의미는 생의 마지막 문맥에까지 닿는다.
부모와의 관계는 생의 모든 것에 그 그림자를 드리운다.

644
다른 이를 '멸시하는 마음'은
무엇보다 자신의 '천박한 인격'을 제일 먼저 불러온다.

645
비전이란 멋진 삶, 멋진 세상을 미리 보는 능력이다.
꿈꿀 수 있는 능력은 변화와 성장의 첫 번째 발화선이다.

646
매 순간순간이
삶의 새로운 씨앗이요, 꽃이요, 열매이다.

647
내면의 지혜란
그 어디든 따라다니는 꺼지지 않는 인생의 빛과 같다.
하지만 그 빛은 삶의 본질을 꿰뚫는 힘이 있을 때만 찾을 수 있다.

648
사람들이 하나가 되지 못하는 까닭은
사는 장소가 달라서가 아니라
머물고 있는 마음이 달라서이다.

649
권위가 없는 사람은
좋은 말을 해도 흔히 시궁창으로 떨어진다.

650
열정이 없는 청춘은
그늘에 놓인 해시계에 지나지 않는다.

651
이해심이 넓고 깊은 사람은
마음이 가장 평온한 사람이자
지혜의 폭이 가장 큰 사람이다.
이해심은 인생의 가장 고귀한 재산이다.

652

잠의 편안함은 심신(心身)의 편안함 때문이고
생의 편안함은 선덕(善德)의 편안함 때문이다.

653

실수에서 배우지 못하면 비슷한 실수를 반복하게 되고
실패에서 배우지 못하면 비슷한 실패를 반복하게 된다.
인생 여정이란 끊임없는 배움과 개선의 대장정이다.

654

흔들리지 않는 믿음과 열정을 가지는 것은
자신에게 천군만마를 빌려오는 것과 같다.

655

일생 변하지 않을 확고한 삶의 목표가 있다면
머뭇거릴 틈도 없고, 방황할 틈도 없고, 지루할 틈도 없다.

656

우리 마음의 오지에는
버려져 있는 삶이 있고
버려져 있는 수많은 인류가 있다.

657

암기는 공부의 토양이 되지만
통찰하고 응용하는 것은
그 토양에서 자란 숱한 꽃과 열매가 된다.

658

양심은 언제 어디서나 행동의 첫 번째 기준이 된다.
그 기준 없이 인생을 반듯하게 살 수 있는 이는 아무도 없다.

659

가늘어서 어디든지 들어갈 수 있는 것은 마음의 눈이요,
길어서 어디까지든 닿을 수 있는 것은 생각의 길이다.

660

크나큰 이상(理想)이 없는 사람은
현실 이상의 현실을 끝내 보지 못한다.

661

최고를 향한 열망은 일류로 통하는 출발점이요
최선을 다한 열정은 발전으로 통하는 지름길이다.

662

배려와 베풂의 빛은 촛불과 같아서
자신을 녹이지 않고서는 밝힐 수가 없다.

663

학문은 '더불어 행복한 사회'를 만들기 위한 것이다.
때문에 학문은 반드시 높은 이상과 영적인 것을 지향해야 한다.

664

마음과 생각이 열려 있지 않은 사람은
엎어져 있는 화분과 같다.

665
예의 있는 사람은 말을 쉽게 꾸미지 않고
신의 있는 사람은 마음을 쉽게 뒤집지 않는다.

666
친절은 마음의 따뜻함 때문이고
미소는 마음의 부드러움 때문이다.

667
세상에 거름이 되지 않는 삶은
꽃과 열매도 되지 않는다.

668
어짊의 근본은
나와 타인의 존재적 가치를 무등하게 보는 것이다.

669
인생이 여러 굽이의 긴 강이라면
성격은 그 강의 물줄기이다.

670
저마다 추구하는 행복은 같으면서 다르다.
행복의 가치를 어디에 두느냐는
그 영혼의 수준을 그대로 보여준다.

671
신뢰의 끈은 잡을수록 더 길어지고

의심의 끈은 잡을수록 더 짧아진다.

672
자국의 이익만 생각하는 마음속엔 늘
분쟁의 씨앗이 소복이 들어있다.

673
영혼과 함께 성장하지 못하는 과학은
세계 번영의 길로 걸어가지 못한다.

674
직업상의 선생이 되는 건 쉬워도
제자의 마음속에 선생이 되기는 어렵다.
진짜 선생은 단지 '마음속의 스승'뿐이다!

675
상대방 입장에서 생각하는 것이 배려의 첫걸음이다.
상대방의 입장을 생각할 때만 잘 배려할 수 있기 때문이다.

676
베풂과 나눔의 길은 넓고 넓어도
그 길로 인생을 밟아간 이는 많지 않다.

677
긍정적인 시각이 부정적인 시각보다 더 많은 것을 본다.
긍정적인 마음이 부정적인 마음보다 더 에너지가 넘치듯이!

678
마음의 짐만큼 무거운 건 없으나
또 이보다 내려놓기 어려운 짐도 없다.

679
한 사람의 그릇은 이기심이 적은 만큼 커진다.
한 인생의 너비는 이타심이 많은 만큼 커진다.

680
나를 가장 불행하게 하는 이도 나고
나를 가장 행복하게 하는 이도 나다.
삶에 있어 나는 모든 것의 원인이요, 모든 것의 결과다.

681
여백은 그림뿐 아니라 사람의 말과 행동 속에도 있다.
마음에 여백이 있는 이만이 어떤 운치를 지닌 사람이 된다.

682
여백이 있는 글은 시요
여백이 있는 마음은 순수함이요
여백이 있는 행동은 배려와 겸손이요
여백이 있는 삶은 세상의 산소요 햇살이다.

683
어진 마음은 물기가 있어서
늘 어떤 면으로든 타인의 영혼 둘레를 적신다.

684
책은 이야기의 바다이고
독서는 대화의 바다이다.

685
생각의 길도 자주 오가지 않으면 덤불이 무성해진다.

686
눈빛과 눈빛 사이,
말과 말 사이에도 쉼 없이
난류와 한류가 흐른다.

687
때로 말에도 가시가 들어있어서
잘못 삼키면 마음에 꼭 걸린다.

688
다른 이의 상처를
깊이 볼 줄 아는 눈을 가진 이는
삶을 바라보는 눈에도 깊이와 격조가 있다.

689
도둑과 사랑은 몰래 오지만
도둑은 홀로 가고 사랑은 함께 가는 것!

690

사람은 자신의 이익을 위해 다른 것을 이용하지만
자연은 다른 것의 번영을 위해 자신을 이용한다.

691

내가 삶을 소중히 여기지 않으면
삶도 나를 소중히 여기지 않는다.

692

삶이란 언제나
단지 마음의 눈이 떠지는 대로만 보인다.

693

열린 마음은 삶과 영혼 사이의 문을 여는 열쇠다.
열린 마음 없이는 인생을 제대로 시작할 수도 없다.

694

한 사람의 결점은 꼭 그 사람의 상처와 연결되어 있다.
때문에 상처가 치유되지 않으면 그 결점도 없어지지 않는다.

695

신전이란 '사랑으로 가득한 가슴'에 존재하는 것이다.
그러한 가슴이 아니고서는
지상 그 어디에서도 신전을 찾을 수 없다.

696

가슴은 존중과 사랑이,

진실과 진심이,
배려와 겸손이 와 닿을 때 활짝 열린다.

697
삶과 만나는 길은 오직 오감(五感)에 있고,
오감의 문은 매 순간 깨어있는 마음에 있다.

698
구름이 없어야 본래의 하늘빛을 볼 수 있듯이
신에 대한 모든 관념과 집착을 지울 때에만
신이 무엇인지 진정으로 알게 된다.

699
삶을 바라보는 눈은 긴 시야가 없으면 안 된다.
그것은 어느 한 순간의 일이 아니라
일생 전체의 관점에서 바라봐야 하는 것이기 때문이다.

700
아름답고 성숙된 영혼 곁엔
늘 무엇으로든 향기로운 그늘이 드리운다.

701
무엇이 부끄러움인지 모르는 사람은
양심의 빛을 잃은 사람이어서
반드시 어떤 면으로든 타인에게 피해를 주는 사람이 된다.

702
마음을 다친 이는
마음의 깊은 이해로만 치유가 된다.
오직 마음의 폭이 더 커질 때 상처는 작은 것이 된다.

703
감정은 어느 쪽으로든
행동과 삶을 끌어당기는 중력을 가진다.

704
'나이'는 존재의 성숙도를 재는 시간의 저울이다.
그 저울엔 나잇값의 무게가 매섭게 재어진다.

705
무엇이 삶의 본질인지 알아야만 삶의 진실을 깨우칠 수 있다.
삶의 진실이 무엇인지 알아야만 세속의 욕망에 초연할 수 있다.

706
시간은 늘 사랑과 그리움 쪽으로 더 많이 기운다.

707
초인이란 사랑이 넘치는 사람이다.
조건 없는 사랑보다 더 뛰어난 영적 능력은 없다.

708
새로운 미래는 마음속 희망과 비전에서 제일 먼저 열린다.
새로운 세상도 우리 안에 있고,

그것을 실현할 힘도 우리 안에 있다.

709

내면의 텅 빈 하늘을 만나는 이는
하늘과 같은 마음을 얻는다.

710

물욕과 시비와 영욕을 다 잊을 수 있다면
어디를 가든 삶이 늘 평화로울 것이니
이것이 초월이 아니면 무엇이 초월이겠는가!

711

마음이 고요해지면 해질수록 삶이 더 부드럽게 흐른다.
삶이 화평해지는 법은 이 길뿐이다.

712

실뜨기는 손을 마주해야 하고
눈맞춤은 눈을 마주해야 하고
행복은 마음을 마주해야 한다.

713

시간의 입자는 언제나 어떤 마음의 빛깔에 물들어 있다.

714

내 마음이 높아질수록
다른 이의 마음은 잘 보이지 않는다.

715
자기 자신에게
진정으로 미소 지을 수 있는 사람만이
자신의 삶과 타인의 삶에도 미소 지을 수 있다.

716
가족이란 이름의 우산,
언제나 마음 안쪽으로만 접히는 우산!

717
좋은 만남은 눈빛이 부드러워지고,
시간이 부드러워지고
무엇보다 마음이 부드러워진다.

718
타인을 이해하는 깊이는
그 내면의 깊이를 보여주는 거울이 된다.

719
멈춰진 시계도 하루에 두 번은 맞지만,
굳어진 마음은 일생에 아무것도 맞는 게 없다.

720
삶은 언제나 스스로가 그리는 마음의 지도를 따라간다.
그 지도가 삶의 모든 것을 좌우하는 것은 바로 이 때문이다.

내 영혼의 조각보

721
좋은 말은 생각을 열고 더 좋은 말은 가슴을 연다.
좋은 글은 마음을 열고 더 좋은 글은 삶을 연다.

722
자석이 서로 붙지 않으면 자석이 아닌지도 모른다.
진리가 서로 붙지 않으면 진리가 아닌지도 모른다.

723
사람은 언제나 세상의 일부만을 보고
그 일부만으로 세상의 전부를 조망한다.
이것이 착각과 오해가 만연한 본질적 이유이다.

724
소리 너머에는 정적이
욕망 너머에는 무욕이
마음 너머에는 무심이
나 너머에는 우주가 있다.

725
불로초는 세상에 없지만
배움과 열정이 있다면
늙지 않는 마음은 누구나 평생 간직할 수 있다.

726
시대를 넘어서는 방법은
시대를 뛰어넘는 진실과 통찰을 갖는 데 있다.

727
사람의 몸에 영양소가 필요하듯
영혼에도 영양소가 필요하거니
그것은 바로 '내면 속의 고요'다.

728
뭇 이치가 하나로 통하는 까닭은
본질이나 진실에 그만큼 가까워져 있기 때문이다.

729
정확한 평가가 아닌 경우는
대개 불필요한 비판이나 폭력이 된다.
서로를 살리는 말이 아닌 것은 침묵만 못하다.

730
나를 높이는 마음은
다른 이를 낮추는 마음이 있을 때만 생긴다.

731
깊은 슬픔은 삶과 마음에 검은 곰팡이를 슬게 한다.
깊은 좌절감은 현재와 미래를 삼키는 거대한 늪이다.

732
세상에 있는 아름다움은 수없이 다양하다.
하지만 무진장의 아름다움도
오직 발견하는 자만이 누릴 수 있는 생의 선물일 터!

내 영혼의 조각보

733
행복한 사람은 행복한 사고방식을 가진 이들에게서 나오고
불행한 사람은 불행한 사고방식을 가진 이들에게서 나온다.
그 어떤 삶을 살든 사고방식은 살아가는 방식의 기원이 된다.

734
사랑은 심장과 눈동자에 동시에 불을 붙인다.

735
자신이 직접 본보기가 되는 가르침이 진짜 가르침이다.
자신이 직접 증거가 되는 메시지가 진짜 메시지이듯이!

736
신의 눈으로 보면 모든 인간이 똑같이 소중하다.
그러한 눈을 회복하는 것이 영적 성장의 출발점이다.

737
역경이 없는 인생도 없고, 굴욕이 없는 인생도 없다.
비굴함이나 비겁함 없이 일생을 사는 이는 극히 드문 법이다.

738
참된 정치는 만인의 행복을 위해
일신의 영욕을 잊는 데서부터 시작된다.

739
따뜻한 눈빛 하나가 때론
더없는 선물이나 축복이 되기도 한다.

740
무릇 사람은 자신이 좋아하는 것을 닮아가는 법이다.
무엇을 좋아하느냐를 보면
그 사람의 속성과 수준이 또렷이 드러난다.

741
아무리 많은 상처와 좌절이 있어도
하늘이 부여한 나의 가치는 조금도 변하지 않는다.

742
삶이란 관계에서 시작하여 관계에서 끝난다.
결국 좋은 삶이란 좋은 관계들 속에 있는 것이다.

743
세상에 빛이 될 수 있도록
자기의 삶을 아름답게 빚는 것
그것만큼 가치 있는 예술은 없다.

744
책을 읽지 않는 것은
글을 읽을 줄 모르는 것과 다를 바 없다.
책맹은 문맹의 아우일 뿐!

745
변화를 바라는 마음과
변화를 바라지 않는 마음은
항상 어떤 욕망을 사이에 두고서 포개져 있다.

746
돈이 세상을 지배하는 시대에
돈에 지배되지 않는 사람은
반드시 특별한 무언가가 있는 이들이다.

747
작은 나뭇잎 하나에도 앞면과 뒷면이 있다.
모든 존재에겐 앞면과 뒷면이 있다.
존재는 그 사이에 있는 것이다.

748
사람의 모든 마음의 병은
사랑받지 못한 데서 그리고
스스로를 온전히 사랑하지 못한 데서 비롯된다.

749
누구에게나 그 가슴엔
끝없는 이야기의 우물이 있다.

750
자신이 옳다는 생각을 버려야 생각의 폭을 키울 수 있고
상대가 잘못됐다는 생각을 버려야 마음의 폭을 키울 수 있다.

751
마음의 본질을 안다는 것은
인생의 비밀을 안다는 것과 이어져 있다.

752

꿈에 대한 믿음과 실행력은
꿈의 성취로 가는 최고의 우군이 된다.
누구든 우군이 많을수록 승리에 유리한 법이다.

753

3류 정치인은 언제나 자신의 이익을 위해 싸우고
1류 정치인은 언제나 국민의 이익을 위해 싸운다.
3류 정치인은 정치인이 아니라 정치 사기꾼일 뿐이다.

754

말이나 글에서 향기가 나는 사람이 있고
어떤 행동에서 향기가 나는 사람이 있고
영혼 그 자체에서 향기가 나는 사람이 있다.

755

어린 시절은 영혼의 뿌리와 같아서
일생의 끝에까지 그 빛과 그늘을 드리운다.

756

세상의 모든 순간은 눈 깜짝할 사이에
다시는 되돌아갈 수 없는 시간이 된다.

757

삶이란 좋아함과 싫어함 사이에 비친
자기 마음의 그림자다.

758
누구나 크고 작은 삶의 모순을 가지고 있다.
자기모순을 자각하고 줄여가는 것은
삶의 부조화를 줄이고 자신의 진실을 찾아가는 첩경이다.

759
부자는 자신이 가진 재산의 크기를 자랑하고
학자는 자신이 가진 지식의 크기를 자랑하고
도인은 자신이 가진 마음의 크기를 자랑한다.

760
우리가 언제나 마음대로 선택할 수 있는 것은
바로 우리 자신의 '마음가짐과 태도'뿐이다.

761
시간에도 생명이 있으니
가슴이 뛰지 않는 시간은 반쯤 죽어있는 시간이다.

762
시간은 결코 그냥 흘러가지 않는다.
고스란히 내 안에 쌓여서 '나'를 형성한다.
나란 언제나 내 시간들의 역사, 그 총화이다.

763
머리로 읽은 책은 머리에만 담기지만
가슴으로 읽는 책은 머리와 가슴에 함께 담긴다.

764
자기 자신을 받아들이고 사랑할 수 있는 만큼
자신의 삶 또한 받아들이고 사랑할 수 있다.
삶과 나는 언제나 하나의 마음으로 연결되어 있다.

765
약속을 잘 지키지 않으면
마음과 신뢰를 여는 열쇠는 끝내 찾을 수 없다.

766
사회의 모든 불행은
개인의 내면적 상처에서부터 비롯된 것이다.
부조화된 가슴이 부조화된 세상을 만드는 법이다.

767
우리는 사랑하는 만큼만 타인을 알 수 있다.
단지 사랑하는 만큼만 하나가 되기 때문이다.

768
인품의 향기는 꽃향기보다 더 멀리, 더 오래 간다.
그것은 마음에 담기는 향기이기 때문이다.

769
직관은 시간과 공간을 넘어서 그 빛을 발한다.
그것은 시간과 공간 너머에 있는 것은 보는 눈이기 때문이다.

770

모든 악의 시초는 자기의 입장만 생각하는 데서 생긴다.
모든 선의 기초는 타인의 입장을 생각하는 데서 생긴다.

771

내가 내 마음을 먼저 놓아주어야
내 마음도 나를 놓아준다.

772

때로 자신의 사고방식처럼 빠져나오기 어려운 늪은 없다.
때로 타인의 사고방식만큼 이해하기 어려운 미로는 없다.

773

나를 자유롭게 하는 것도 내 마음이요,
나를 가두는 것도 내 마음이다.

774

자신에게 도움이 되지 않는 생각들은 과감히 잘라내야 한다.
온갖 잡다한 생각 때문에 제일 먼저 사라지는 것은
내면의 평정과 명료함이다.

775

자기 자신에 대한 생각은 곧 그 운명의 기본 코드가 된다.
사람들은 평생 스스로가 만든 자신의 이미지와 더불어 살아간다.

776
그네는 앞으로 간 힘으로 뒤로 가며,
뒤로 갔던 힘으로 앞으로 간다.
세상 그 무엇이든 작용과 반작용 사이의 그네가 아니겠는가!

777
삶의 모든 문제는 결국 관계의 문제이고,
관계는 결국 이해와 소통의 문제이다.

778
물질적 안락에 연연하지 않을 수 있는 사람이라야
진정으로 물질적 안락을 얻을 수 있는 자이다.

779
배려와 사랑으로 타인을 대하는 것만큼 좋은 수행 방법도 없다.
그것은 깨달음의 궁극적 목적과 하나로 맞닿아 있기 때문이다.

780
써먹지 못하는 지식은 죽은 지식이다.
지식을 위한 지식은 지식의 무덤이다.

781
우리는 많이 생각하기보다
많이 느끼기 위해서 태어났다.
교감이란 생각보다 느낌에 더 가까운 까닭에….

782

'자유'는 오직 성숙과 배려와 지혜 안에서만 논의될 수 있는
단어이다.

783

오직 자신을 있는 그대로 받아들일 때 자신과 하나가 된다.
자신을 온전히 받아들이지 못하면
일생 자기 자신과도 하나가 되지 못한 채로 살아가게 된다.

784

아무리 좋은 말도 '빛나는 정신'의 그림자에 지나지 않는다.

785

고요한 영혼에서만 고요한 것들이 태어난다.
고요한 접촉에서만 고요한 교감이 태어나듯이.

786

관찰하기 가장 힘든 것은 자기 자신이다.
객관적인 거리가 전혀 없기 때문이다.
내 마음은 내게서 너무 가까이 있기에 제대로 보기도 가장 어렵다.

787

절의가 없는 사람은 마디가 없는 대나무와 같다.
도량이 없는 사람은 입구가 없는 운동장과 같다.

788
모든 행동은 언제나
삶의 텃밭에 뿌려진 하나의 씨앗과 같다.
모든 행동은 하나의 결과이자 하나의 원인이 된다.

789
내 삶은 내 영혼을 고스란히 비추는 거울이다.
무엇보다 내 행실의 미추를 가장 잘 보여주는 거울이다.

790
사람들이 살고 있는 곳은 지구가 아니라
그들 각자가 살고 있는 마음 지대일 뿐이다.

791
음식에 들어간 소금은 녹아야 제맛을 내듯
글 또한 그 가슴에서 녹아야 제맛을 낸다.

792
똑같은 순간도 없고, 똑같은 나도 없다.
똑같은 삶도 없고, 똑같은 세상도 없다.

793
삶이란 언제나 기지와 미지 사이에서 꿈틀거린다.

794
통념의 안개에 갇히면
진실은 아무것도 볼 수가 없게 된다.

내 영혼의 조각보

795
천국으로 가는 계단은 오직
우리의 가슴속으로 놓여있다.

796
모든 행복의 기초는 나를 있는 그대로 사랑하는 데 있다.
자신을 조건 없이 사랑하는 것이
완전한 마음의 평화가 시작되는 유일한 지점이다.

797
누구나 부끄러워해야 할 첫 번째 일은
자기 자신에게 진실하지 못한 것이다.
자신에게 진실하지 못하면 길이 내면의 빛을 잃는다.

798
진정으로 어른이 된 사람만이 좋은 부모가 될 수 있다.
진정으로 어른이 된 사람만이 좋은 인간이 될 수 있다.
진정으로 어른이 된 사람만이 좋은 인생을 살 수 있다.

799
주위에 자신이 본받을 수 있는 좋은 어른이 계시다는 것은
삶의 버팀목이나 정신적 지렛대 하나를 얻는 것과 같다.

800
리더는 비전을 제시하는 사람이며
그 비전 쪽으로 사람들을 뭉치게 할 수 있는 사람이다.

801
가슴에 열정밖에 없는 사람은 슬퍼할 시간이 없다.
실의나 머뭇거림은 열정이 식을 때 생기는 것일 뿐!

802
자신을 꼼꼼히 성찰하는 습관은
일생을 함께하는 내면의 스승을 얻는 것과 같다.

803
자신이 어떠한 사람인지 잘 아는 것과
자신이 어떠한 사람이 될 수 있는지를 잘 아는 것은
지혜의 문에 빗장을 여는 일이다.

804
진리를 아는 이는 모든 종교의 벽을 허물지만
진리를 모르는 이는 종교의 벽을 더 높게 세운다.

805
덕이 있는 사람은
타인의 뛰어남을 사랑할 줄 알며
또 그것이 더 빛나도록 도울 줄 안다.

806
참된 독서는
내면의 신세계를 여는 빗장이어야 한다.

내 영혼의 조각보

807
하나의 길은 또 다른 길로 이어지고
하나의 생각은 또 다른 생각으로 이어진다.
새로운 길 하나, 생각 하나가 때론 인생을 바꿀 수도 있다.

808
부모의 입장에서 생각해보는 것
그것은 효심의 첫걸음이다.
효심이 좋은 인성의 기초가 되는 것은 이 때문이다.

809
나를 속이지 않는 것이 곧
세상을 속이지 않는 길이다.

810
영혼은 뿌리이고, 사랑은 꽃이고, 행복은 열매다.

811
교육이란 학생 속에 있는
숨겨진 가능성과 찬란한 미래를 끄집어내는 것이다.

812
획일적인 생각은
정해진 노선밖에 모르는 의식의 긴 레일과 같다.
그 속에선 끝내 새로운 세상을 만날 수 없다.

813

세상을 바꾸는 가장 빠른 길은
나를 바꾸는 것이고, 나를 바꾸는 최선의 길은
자신의 모든 진실을 깊이 깨우치는 것이다.

814

소통은 눈높이를 마주하는 데서 시작되고
눈높이는 마음을 마주하는 데서 시작된다.

815

조건 없는 사랑은
텅 빈 하늘처럼 모든 경계를 지운다.

816

때때로 결과는
동기와 과정이 지닌 의미까지 달라지게 만든다.

817

계속해서 개선해 가는 끈기와 열정
그것은 제2의 천재성이다.

818

우주와 자연의 섭리 그것은 신이 정한 법률이다.
이 법률을 잘 따르며 사는 것이
삶을 순탄하게 사는 최선의 길이다.

819

귀는 말을 담는 그릇이자, 마음이 들어오는 통로이다.

820

죄책감을 지우지 못하면

그 삶엔 늘 불행의 형벌이 따라다닌다.

자신을 용서해야만 자신을 수용하고 사랑할 수 있기 때문이다.

821

불행의 모든 원인은 기본적으로

삶을 대하는 잘못된 방식에서 나온다.

822

유연한 사고는 언제나

더 다양한 관점과 더 넓은 시야를 가질 때 생긴다.

823

하늘 아래 모든 사람은 또 다른 나이다.

모든 사람은 나를 비추는 삶의 거울이다.

824

과거를 바꿀 수 없듯 미래도 바꿀 수 없다.

바꿀 수 있는 것은 오직 '현재'뿐이다.

825

천재성이란 새롭고 경이로운 세계를

또렷이 미리 보는 눈 속에서 시작된다.

826

넘어져 보지 않은 사람은 일어서는 법을 배울 수 없다.
상처가 없는 사람은 상처를 치유하는 법을 배울 수 없다.
절망에 빠져보지 않은 사람은 절망을 이겨내는 법을 배울 수 없다.

827

생각의 수준이 성숙의 수준을 결정하고,
성숙의 수준이 인생의 수준을 결정한다.

828

새로운 물건이나 새로운 세상이
제일 먼저 만들어지는 곳은 어떤 이의 '상상' 속이다.
상상력은 새로운 세상으로 날아가게 하는 첫 번째 날개다.

829

타인에게 희망을 줄 수 있는 사람은 영혼의 햇살과 같다.
전 인류에 희망을 줄 수 있는 사람은 영혼의 태양과 같다.

830

생각과 생각 사이의 허공을 볼 수 있는 눈
소리와 소리 사이의 정적을 들을 수 있는 귀
그런 눈과 귀를 가지는 것이 명상이다.

831

딸에게 아버지는 영혼의 지붕이 되고,
아들에게 어머니는 영혼의 울타리가 된다.

내 영혼의 조각보

832
천국을 빚는 것도 내 마음이요,
지옥을 빚는 것도 내 마음이다.

833
읽기는 덧셈이요, 상상은 곱셈이다.
하지만 읽기가 풍성해야 상상도 풍성해짐을 알아야 한다.

834
현미경이나 망원경처럼
삶을 보는 눈에도 다양한 배율이 있다.
섬세하게 보아야 할 때와 광활하게 보아야 할 때가 있는 것이다.

835
확실한 행동은
천 가지 말을 대변한다.

836
용서하지 못하면 증오라는 감옥에 스스로 갇히게 된다.
끝내 용서하지 못하면 평생 그 감옥에서 나올 수가 없는 것이다.

837
무심은 신의 마음으로 들어가는 입구이다.

838

잘못된 생각이 거의 모든 불행한 삶의 기원이다.

불행한 결과는 대개 잘못된 생각을 고치지 못한 데서 비롯된
것이다.

839

후회는 삶을 뒤로 가게 하지만

성찰은 삶을 앞으로 나아가게 한다.

840

자기 마음에서 해방되는 것

그것은 최고의 자유이며 또 최고의 지혜이다.

841

말과 글을 멋있게 하기는 쉬워도

인격을 멋있게 하기는 어렵다.

전자는 부분적인 것이요, 후자는 전적인 것이기 때문이다.

842

하늘처럼 집착 없이 두려움도 없이

초연히 빈 마음으로 행하는 것

그것이 무위(無爲)다.

843

지식은 무지에서 태어나고

만족은 불만에서 태어나고

자유는 속박에서 태어나고

깨달음은 무명에서 태어난다.

844
삶의 모든 것엔 내가 깨우쳐야 할 것들이 숨어 있다.
우리의 삶은 오직 그것을 위해 있는 것이다.

845
감정이 앞서면 이성은 허수아비가 된다.

846
즐길 수 있으면 고독도 낭만이 된다.
여겨낼 수 있으면 고난도 감동이 된다.

847
세상사의 9할은 밥그릇을 따라 움직인다.

848
개미는 개미의 기준으로 보고
솔개는 솔개의 기준으로 본다.
너는 늘 너의 기준으로 보고
나는 늘 나의 기준으로 볼 뿐!

849
초종교적이지 않은 사람은
종교적인 사람도 될 수가 없다.

850

깨어나지 않은 사람은 거의 대개가
일생 자기 마음의 노예로 살아간다.

851

자기 자신을 구원하는 것은 온 세상을 구원하는 제1의 방안이다.
각자 자기 자신만 구원하면 세상엔 구원할 사람이 한 사람도 없다.

852

씨앗 안에 들어 있는 열매의 숫자를 알 수 없는 것처럼
좋은 책 속에 들어 있는 열매의 숫자 또한 알 수가 없다.

853

현존하지 못하는 마음은 죄다 시간을 훔쳐가는 도둑이다.

854

모든 소리의 뿌리는 고요이고
모든 마음의 뿌리는 무심이다.

855

상처가 있으면 과거에 묶이고
걱정이 있으면 미래에 묶인다.

856

인정받으려면 나부터 타인을 인정할 줄 알아야 한다.
존중받으려면 나부터 타인을 존중할 줄 알아야 한다.
대개 미성숙한 이들일수록 이 간단한 이치를 잘 알지 못한다.

857

좋은 대화는 공감으로 시작해서 이해와 소통으로 끝난다.

858

자기비하는 스스로가
제 자신에게 가하는 의미 없는 '고문'이다.

859

참된 지식은 경험의 제자다.
실행은 '체험적 앎'으로 가는 지름길이다.

860

마음이란 필터가 탁해지면 삶의 눈도 탁해진다.
마음이 늘 새로워야 하는 것은 이 때문이다.

861

한 사회의 '집단의식'은 문화의 뿌리여서
뿌리가 썩으면 그 꽃과 열매도 시들게 마련이다.

862

돈은 우리 마음과 세상을 지배하는 가장 강력한 교리다.
하지만 그 교리 속에 얽매이면 끝내 영혼의 진실을 찾을 수 없다.

863

정의는 언제나 조화로움의 한 지류이다.
본류를 빼고는 지류를 논할 수 없다.

864
다수의 견해가 항상 옳은 것은 아니다.
비가 많이 온다고 다 좋은 것이 아니듯.

865
인사는 인간관계의 첫 단추다.
인사는 단순한 예절이 아니라
그 사람의 정신적 성숙도를 나타내는 바로미터다.

866
깨어있는 감성은 햇살을 머금은 프리즘과 같다.

867
참회는 삶의 정화수요, 영혼의 목욕이다.
그 누구든 참회 없이 삶이 청정해지는 법은 없다.

868
누군가에게 그리운 존재가 되지 못하는 인생은
빛무리가 없는 인생과 같다.

869
분노와 원한은
자신의 마음을 태우고
자신의 삶을 태우는 불이다.

870
모든 종류의 평화는 서로 마음이 잘 맞을 때 생긴다.

내 영혼의 조각보

모든 종류의 번영은 서로 이익을 잘 나눌 때 생긴다.

871
스스로에게 좋은 친구가 되어주지 못하면
끝내 자기 자신과 잘 지낼 수가 없다.
우리는 누구보다 자신에게 좋은 친구가 되어 주어야 한다.

872
세상의 모든 성취에는
그것을 이루게 한 '정신의 승리'가 먼저 있었다.

873
결혼은 배우자라는 거울로 사랑을 가르치는 학교다.

874
삶에 대한 '최상의 태도'를 지니는 것은
인생의 숱한 시련을 이기는 최상의 지혜가 된다.

875
나를 가두는 것도 나의 마음뿐이요
나를 풀어주는 것도 나의 마음뿐이다.

876
자신을 낮추는 것이 겸손의 앞면이라면
진정으로 타인을 존중하는 것은 참된 겸손의 뒷면이다.

877

아낌없는 베풂은 나를 넘어서는 선행이자
'더불어 행복한 세상'을 부르는 최선의 길이다.

878

깨어있는 마음보다 더 값진 삶의 보석은 없다.

879

친절과 미소는 자비심의 첫 번째 디딤돌이다.
그 디딤돌 없이는 누구도 자비심의 전당에 오를 수 없다.

880

우리는 누구나 자기 생각에 매여 있지만
더 큰 시야에서 보자면
생각은 내면의 하늘을 떠다니는 흔적 없는 구름과 같다.

881

자아의 미망에서 깨어나지 않으면
죽어도 삶은 끝내 깨지 않은 꿈과 같다.

882

'나'로부터의 자유가 진정한 자유다.
그러한 자유만이 진정한 삶이 무엇인지 알게 한다.

883

그림자는 지나고 나면 자취가 없거니
마음도 그림자요 삶도 하나의 그림자다.

884
자연의 입장에서 자연을 보는 이만이
자연을 위해 해야 할 바가 무엇인지를 안다.

885
행복은 웃음을 따라다니고, 우울은 한숨을 따라다닌다.
인생은 욕망을 따라다니고, 세상은 변화를 따라다닌다.

886
생각에 치우침이 없는 사람도 없고
성품에 치우침이 없는 사람도 없고
인생에 치우침이 없는 사람도 없다.

887
따가운 비판도 잘만 받아들이면
나를 키우는 소중한 거름이 된다.

888
인생은 새로운 만남으로 이어지는 끝없는 여정이다.
뜻 깊은 만남이 적은 인생은 내내 쓸쓸할 수밖에 없다.

889
그 무엇에 대해서건
마음을 닫는 만큼 나의 내면은 더 작아진다.

890

삶이란 언제나 내 내면의 투명한 그림자와 같다.
삶의 단 한 가지도 자기 자신을 속일 수는 없다.

891

사려 깊은 이가 사려 깊은 말을 하듯이
사려 깊은 글을 쓰는 이는 점차 '사려 깊음'의 의미를 체득해 간다.

892

참된 권위는 진정한 실력과 헌신에서 나온다.
참된 권위는 자신을 내세우거나 강요하는 법이 없다.

893

탐욕과 분노와 편견에서 자유로운 사람만이
진정 인생을 제대로 살아갈 수 있다.
그렇지 않으면 삶이 탐욕과 분노와 편견에 늘 묶여 있을 것이므로!

894

사랑에서 나온 것은 서로를 결합시키고
미움에서 나온 것은 서로를 소외시킨다.

895

아무것도 숨길 게 없는 삶은
영혼으로 빚은 수정과 같다.

896

노력은 모든 재능의 아버지요

끈기는 모든 결실의 어머니다.
성취는 언제나 이 둘 사이에서 태어난다.

897
진실함을 간직하는 것은 마음의 수정을 빚는 일이다.
이것은 그 무엇에도 때 묻지 않는 세상에 값없는 보배다.

898
시간을 잘 사용하는 사람은 인생이 몇 뼘쯤 더 길어진다.
한정한 삶의 시간을 더없이 소중히 여기며 사는 것은
모든 이에게 주어진 생의 숭고한 의무다.

899
역사는 시간으로 빚은 인류의 거울이다.
세상의 모든 것은 다 인류 의식의 그림자일 뿐이다.

900
삶과 사상이 일치하지 않으면
그것은 진정한 사상이라고 말할 수 없다.
진정한 사상이란 삶으로 체득된 것이어야 하기 때문이다.

901
영적 감수성이란 모든 것 속에서
하나의 '일체성'을 발견하는 것이다.

902
자연은 예지가 깃든 신의 놀이터다.

903
신성의 입구는 밖이 아니라 내 안에 있다.
오직 내 안에 신성의 불이 켜져야 내 밖의 신성을 밝힐 수 있다.

904
깨달음의 산소는 '나'가 가라앉을 때 저절로 들어온다.
그 산소는 오직 에고가 사라진 사람만 맡을 수 있는 것이다.

905
이성은 영성을 온전히 알 수 없다.
영성의 본질은 늘 초이성적이기 때문이다.

906
삶의 모든 것은 영혼의 퍼즐이다.
모든 것이 연결되어 있음을 알아가는 신성의 퍼즐이다.

907
모든 것 속에 있으면서
모든 것을 하나로 연계시키는 것
그것이 신이요 하늘이다.

908
빈 마음에 대해서 알면 알수록
신에 대해서도 잘 알게 된다.

909
우주는 허공에서 나오고

무심은 무아에서 나온다.

910
우주 안에 '빈 마음'보다 더 큰 그릇은 없다.

911
영적 차원에서 우주와 영혼과 신성은 동의어다.

912
나는 신의 마음이요 신은 나의 마음이다.

913
나는 신의 완전함이요 신은 나의 완전함이다.
이 우주 안에는 오로지 완전함밖에 없다.

914
자식이 없이는 부모가 존재할 수 없듯이
사람이 없이는 신도 존재할 수 없다.

915
모든 이의 마음속엔 신의 마음이 깃들어 있다.
내 안에 있는 신의 마음을 찾는 것이 영혼의 부활이다.

916
영혼의 출구는 밖이 아니라 내 안에 있다.

917

다른 사람을 행복하게 만들어주는 것은
덕과 복을 쌓는 지름길이다.
하지만 세상에 이 지름길로 걸어가는 이는 많지 않다.

918

사람들은 무엇을 보든 늘 자기 마음의 렌즈로만 본다.
하여 식견이 짧은 사람은
무수한 측면을 가진 세상을 한두 가지 면으로밖에 보지 못한다.

919

자기로 가득 차 있는 사람은
누구를 만나도 '자기' 밖으로 벗어나지 못한다.

920

생각을 고요하게 하는 것이 마음 공부의 으뜸이요
마음을 평화롭게 하는 것이 인생 공부의 으뜸이다.

921

우리가 믿어야 할 것은 신이 아니라
하늘이 부여한 절대적인 삶의 법칙과 섭리들이다.

922

깨달음이란 마음의 그릇이 무한으로 커지는 일이다.
깨달음이란 삶과 세상을 온전히 사랑할 수 있는 힘이다.

923

진리에 대한 깨달음보다 더 올바른 신앙의 길은 없다.

924

내가 없으면 세상도 없다.

결국 세상이란 내 존재 안에 있는 것이다.

925

뭇 사람들의 인생이란 늘

다른 사람과 다르고자 하는 욕망과

다른 사람과 같고자 하는 욕망 사이에서 꿈틀거린다.

926

깨달음이란 하늘 속에 있는 나와

내 속에 있는 하늘이 하나가 되는 것이다.

927

범인은 욕망과 세상을 따르고

초인은 욕망과 세상 너머를 따른다.

928

가장 큰 삶의 희망은 스스로가

자기 안에 '흔들리지 않는 마음'을 찾는 데 있다.

929

인생은 오직 내가 집중하는 것을 따라 흐른다.

930
삶의 비전이 없는 사람은
현재도 못 보고, 미래도 못 보는 마음의 소경과 같다.

931
어느 분야든 일류는 무엇보다
일류가 될 수밖에 없는 '정신자세'를 가진 사람들에게서 나온다.

932
삼류 인생이란 타인을 비방하고 원망하며 살아가는 것이요
일류 인생이란 타인을 축복하고 헌신하며 살아가는 것이다.

933
이해타산은 누구나 가장 넘기 힘든 산 중의 하나이다.
이기심은 누구나 가장 건너기 힘든 강 중의 하나이다.

934
삶의 부조화는
내 내면 속 부조화의 그림자일 뿐이다.

935
희망이란 언제나 자신을 믿을 때만 불빛이 켜진다.
자신감이 삶 속 모든 희망의 출발점이다.

936
얼음장 밑에도 냇물이 흐른다.
모든 물이 아래로 흐르듯

삶의 모든 것 속에는 하나의 섭리가 흐른다.

937

모든 빛나는 성공은 시련을 먹고 자란 것이다.
물살의 수많은 부딪힘 없이 매끄러워지는 돌은 없다.

938

좋은 사람이란 좋은 영향력을 가진 사람이다.
어른이 된다는 것은
좋은 영향력을 나날이 더 키워가야 한다는 뜻이다.

939

성공의 계단은 남을 이롭게 하는 데 있다.
그 계단을 밟지 않고는
그 누구도 아름다운 성공을 이룰 수 없다.

940

물은 그릇에 따라 형체가 달라지듯
삶도 그 마음의 그릇에 따라 형체가 달라진다.

941

모든 이의 마음의 뿌리는
무욕과 무한을 따라 하나로 이어져 있다.

942

올바른 생각이 마음의 주인이 되면
마음의 화평함은 늘 수복이 되어 절로 따라온다.

943
진실한 마음은 선덕의 입구요
절실한 마음은 성취의 입구다.

944
자적(自適)할 수 있는 책이란
신선이 잠시 빌려준 작은 뗏목과 같다.

945
처음부터 챔피언이었던 사람은 없다.
숱한 경기를 하면서 챔피언으로 거듭났을 뿐!

946
내 안을 흐르는 무한한 사랑은
조건과 분별의 테두리를 지울 때 풀려난다.

947
보이지 않는 것을 보고
들리지 않는 것을 듣는 것
그것이 세심함이고 탁월함이다.

948
자신을 사랑하는 것은
자기 생명에 불을 붙이는 일이다.
그 불이 붙지 않은 사람은 삶의 빛을 볼 수 없다.

내 영혼의 조각보

949
내 생각을 놓아야 내 생각 너머로 갈 수 있다.
내 무지를 찾아야 내 무지 너머로 갈 수 있다.

950
만남의 깊이는 서로에 대한 이해의 깊이와 비례한다.
인생의 깊이는 사랑에 대한 이해의 깊이와 비례한다.

951
후회하는 순간 후회의 미로에 갇히고
증오하는 순간 증오의 창살에 갇힌다.

952
장강(長江)의 앞 물결은 뒷 물결이 만들어 준 것이다.

953
과거의 실수나 실패를
너무 가볍게 여기는 것도 병이지만
너무 크게 생각하는 것도 병통이 된다.

954
희망이 없는 마음은 결코
미래 쪽으로 움직일 줄을 모른다.

955
삶의 태도를 바꾸는 것은
내 삶의 빛과 그림자를 바꾸는 유일한 길이다.

956

예지의 눈이란 삶의 섭리와 진실을 볼 줄 아는 데서 생긴다.

957

연못의 물결은 바람의 지문이요
인생의 변화는 세월의 지문이다.

958

진실한 눈빛은 만남에 의미를 더하고
아름다운 눈빛은 시간에 향기를 더한다.

959

조건 없는 사랑이 깃든 진리만이
모든 이를 하나 되게 하는 유일한 종교다.

960

착각 속에 있을 때는 모든 것이 착각이고
꿈 속에 있을 때는 모든 것이 꿈이다.

961

사랑과 신뢰에서 나오지 않은 모든 정치 행위는
오히려 정치를 말살하는 행위에 지나지 않는다.

962

늘 불평 없이 살아가는 것이 최고의 안락이요
늘 원망 없이 살아가는 것이 최상의 평화이다.

963
마음의 평온은 언제나
이해와 사랑이 부족한 만큼 깨어진다.

964
가슴은 성스러운 성지다.
내면의 고요는 신성의 침묵이다.
진정한 종교는 내면의 신성 하나밖에 없다.

965
사랑과 우정은 인생을 비춰볼 수 있는 가장 좋은 거울이다.
하지만 그 거울은 진실한 마음이 있을 때만 비춰볼 수 있다.

966
부모를 사랑하는 것은 인간됨의 첫걸음이요,
자신을 사랑하는 것은 자기됨의 첫걸음이다.

967
생각은 마음 못에 던져진 하나의 조약돌이요
감정은 그 조약돌이 만드는 동심원이다.

968
진리의 등불은 오직
조건 없는 사랑에서만 완전히 불이 켜진다.

969

정직은 누구에게나 진실과 양심으로 가는 유일한 준칙이다.
정의로운 사회는 오직 정직한 사람들이 많아질 때 만들어지는
것이다.

970

이해심과 배려는 인격의 면류관이다.

971

멀리서 봐서 좋을 때가 있고, 가까이 봐서 좋을 때가 있다.
이처럼 무엇을 접함에는 항상 적절한 최적의 거리가 있는 법이다.

972

영성이 없는 지성은 반 절름발이다.
지성이 없는 영성도 반 절름발이다.

973

모든 행복의 길은 언제든 마음의 평화를 따라 이어진다.
모든 만족의 길은 언제든 마음의 수용을 따라 이어진다.

974

좋은 성품은 모든 행복의 기초요
가정의 평화는 모든 행복의 요람이다.

975

마음을 바꾸는 것이 나를 바꾸는 최선이요
나를 바꾸는 것이 세상을 바꾸는 최선이다.

마음을 바꾸지 못하면 세상에 바꿀 수 있는 게 아무것도 없다.

976
미소와 웃음은 마음을 여는 가장 좋은 기폭제이다.
그것은 함께 있는 시간을 부드럽고 밝게 발효시킨다.

977
가장 큰 부자는 많이 가진 사람이 아니라
자신의 것을 세상에 가장 많이 나눈 사람이다.

978
어디서든 아름다움만 보는 사람에겐
세상이 온통 아름다움으로 가득 차 있다.

979
철학은 유한한 생각으로 무한을 헤아리려 한다.
하지만 무한을 알려면
오직 마음이 텅 빈 '무한'이 되어보아야만 한다.

980
지혜의 나침반은 언제나
자각의 바늘 속 진실과 사랑을 따라 움직인다.

981
세상은 무수한 의식의 한계로 수없이 닫혀 있다.

982

보이지 않는 것이 보이는 것을 움직인다.
보이는 세상보다 늘 보이지 않는 세상이 더 큰 법이다.

983

많이 가지고서 나눌 줄 모르는 사람,
독점욕과 지배욕에 사로잡힌 사람은
사회 불균형을 초래하는 세상의 독소에 지나지 않는다.

984

희망이 없는 마음은 기름이 없는 자동차와 같다.
비전이 없는 인생은 레일이 없는 기관차와 같다.

985

무엇에도 흔들리는 않는 순수함과
지속적인 선행은 가장 가치 있는 부(富)다.

986

식견이 적을수록 아상(我相)의 늪에 깊이 빠진다.

987

부지런함은 자신감이 자라기 가장 좋은 토양이다.
아주 부지런한 사람에게는 근심 걱정도 낄 새가 없다.

988

도는 삶의 모든 것 속에 있다.
삶의 모든 것이 도의 실체이다.

우리가 매 순간 깨어있어야 하는 것은 이 때문이다.

989
설계도의 목적이 건물의 완공에 있듯
철학의 궁극적 목표는
지식이 아니라 '이상적인 행동과 삶'에 있다.

990
지조가 없는 지식인은 밑 빠진 항아리와 같고
강직함이 없는 공직자는 뚜껑 없는 장독과 같다.

991
책을 읽는 것은 나를 찾아가는 다채롭고 긴 여정이다.

992
존중을 받으려면 존중받을 수 있도록 행동해야 한다.
사랑을 받으려면 사랑받을 수 있도록 행동해야 한다.
신뢰를 받으려면 신뢰받을 수 있도록 행동해야 한다.

993
실패에서 배울 수 있는 사람은 실패를 성공의 거름으로 만든다.
무릇 이러한 실패의 연금술을 아는 사람만이 계속 성장하는 법이다.

994
고뇌가 없는 이에겐 심오한 말이 없다.
이상이 없는 이에겐 원대한 말이 없다.
통찰이 없는 이에겐 예지의 말이 없다.

995

신에게 복을 비는 행위는
가장 보편적인 종교적 미신이다.
그것은 가장 흔하고 가장 맹목적인 종교적 무지이다.

996

자신의 모든 말과 글은 자화상의 일종이다.
자신의 모든 행위는 그 자화상을 채우는 물감이다.

997

깨달음과 진리는 영원히 헤어지지 않는 부부와 같다.

998

시간의 체는 많은 진실들을 걸러준다.

999

바다는 물방울이 모여 이루어지고
영원은 순간이 모여 이루어지고
인생은 선택과 만남이 모여 이루어진다.

1000

말보다 행동이 더 나은 사람,
글보다 삶이 더 나은 사람은 드문 법이다.
진실한 행동과 삶은 결코 꾸밈으로 만들어지는 것이 아니기에.

내 영혼의 조각보

2부 후기

세상은 아름다운 책이지만,
그것을 읽을 수 없는 사람에게는 거의 쓸모가 없다.
- 골도니(이탈리아 극작가)

저는 1부를 쓰고 나서는 한동안 이런 글을 쓰지 않았습니다. 1부를 하나의 작품집으로 완결시키고 싶었기 때문입니다. (이 책의 1부는 대학원 재학 시절에 쓴 것이고 2부는 졸업 후에 쓴 것입니다.) 그런데 글을 쓰지 않으니 삶의 진실을 직관하고자 하는 마음도 태만해지고 글을 쓰는 감성이나 감각 또한 무뎌지는 것이 느껴졌습니다. 그래서 스스로의 성장을 위해 글을 다시 쓰기 시작했습니다. 1부(500편)를 쓴 지 7년 만에 2부(500편)를 더해 모두 1000편이 되었습니다.

시적 직관력을 기르기 위해 시작한 글쓰기가, 계속 쓰다 보니 나도 모르게 '아포리즘으로 철학하기'가 되었습니다. 이 글들엔 시적 운치를 지닌 구절도 있고, 사색의 빛이 어린 격언과 같은 구절이나 깨달음을 함축하는 게송과 같은 구절도 있습니다. 그런데 이런 여러 특징은 모두 아포리즘이 가지고 있는 본질적 속성이 아닐까 합니다. 아포리즘은 니체가 말한 "말은 짧게 의미는 깊게"에 가장 부합되는 글쓰기일 것입니다.

글은 글쓴이의 마음의 그림자와 같아서, 글쓴이의 내면을 따라가고 또 그것을 반영하게 마련입니다. 저는 이 아포리즘을 통해, 시와 철학이 맞물리고, 감성과 이성이 조우하며, 지성과 영성이 소통되는 글을 쓰고 싶었습니다. 진리와 깨달음을 찾아, 맑은 눈으로 나의 내면을 밝히고 삶의 길을 찾고자 하는 마음 이것이 이 글을 쓴 저의 뜻이었습니다.

앞으로 시간이 가면 갈수록 인류의 의식이 깨어날 것이기에 문학과 철학은 반드시 영성(깨달음)과 만나 하나의 숲이나 대하(大河)를 이루어갈 것입니다. 그런 날이 오면 제가 던진 메시지들 또한 사람들에게 더 깊이 이해되지 않을까 합니다.

더없이 짧지만 작은 조각보 조각처럼 계속 이어져 내 정신과 숨결을 담았던 내 영혼의 글쓰기! 제가 쓴 글 중에 실로 이 글들처럼 수정을 많이 거듭한 적은 없었던 듯합니다. 무거운 펜을 내려놓으며, 11년의 대장정을 끝내려니 감개가 적지 않습니다.

글이란 무릇 글쓴이의 이상이 담기는 것이기에, 행동은 흔히 그 글만 못할 때가 많습니다. 그런 점에서 제 행동이나 인격도 또한 늘 이 글에 대한 후불이 될 것입니다. 부디 제 삶이 이 글 앞에 부끄럽지 않기를 기도할 뿐입니다.

2012. 11

사색하는 영혼의 편력에 부쳐*

읽어 내려가는 도중에 그의 수상록적인 글들이 예사롭지 않다는 것을 직감했다. 그의 글은 도(道)를 터득하거나 도에로 입문하기 위한 글들인 것으로 보인다. 도에의 입문으로 들어간 도인의 풍모를 진하게 풍기는 그의 글은 학문적이기보다는 도를 자기화하기 위하여 사유하는 진지한 도인의 성격에 가깝다고 할 것이다. 그래서 이 좋은 사색의 단편들은 도에로 접근해 나가는 한 젊은이의 진지하고 통찰력 있는 사색의 편력을 말하는 것이라고 이해되어야 하겠다.

사색하는 영혼은 본질적으로 편력적이다. 왜냐하면 사색하는 영혼은 소유하는 영혼이 아니라 '존재의 충만을 끝없이 희망하는 영혼'이기 때문이다. 소유하는 영혼은 탐욕스러워서 외부의 것을 자기 중심적으로 정복하려 하나, 존재의 충만을 찾는 영혼은 외부의 것을 자기가 먹으려 하지 않고 자기의 마음을 오히려 비우려고 한다.

자기의 마음을 비우기 위하여 영혼은 끝없이 자기를 비우는 순례의 여행을 떠나야 한다. 각자가 자기의 고정된 자리를 차지하는 것에만 급급한 영혼은 외부의 것을 소유하고 먹기에 정신이 없다. 자기를 결코 떠나지 않고 다만 외부의 것을 점유하기에 바쁘다. 그러나 존재의 충만을 찾으려는 영혼은 자아를 지우는 것을 도와 자신의 영혼이 합일하는 존재의 길임을 깨닫고 구도의 길을 떠난다.

이 글들은 아마도 그가 꽤 오랫동안 남몰래 수도의 입문을 위한 여행의 편력을 했다는 것과 같으리라. 영혼의 입문을 나타내는 글들은 하루아침에 솟아나지 않는다. 그런 점에서 이 단편들은 그의 인생편력과 불가분의 관계를 맺고 있으리라.

학문적 정보를 취득하는 글은 자기의 영혼을 편력시킬 필요가 별로 없다. 다만 부지런하기만 하면 되기 때문이다. 그는 아직 젊다. 지혜는 젊은이의 것이라기보다 오랜 인생의 숙성 과정에서 피어난다. 학문적 천재는 젊어서도 가능하나, 성자는 그렇게 속성되지 않는 듯하다. 그런 점에서 젊은 시절의 이 진지한 사색의 고백을 거울삼아, 그가 학문에 사색을 더하여 더 깊은 마음의 길을 계속 닦아 나가가길 바란다. 내가 이 글을 쓰는 것은 그런 염원이 담겨 있기 때문이다. 그는 마음공부와 시문학 공부와 한국학 공부를 병행시켜 나가는 길을 가고자 한다고 한다. 삼위일체적으로 대성하기를 바란다.

사색하는 젊은 구도자의 글을 읽으면서 학문만이 있고 사색이 결핍된 요즈음의 학문을 반성하는 기회로 삼아보자.

김형효(철학교수)

---

*　이 추천서는 필자가 대학원 재학 시절에 이 책의 1부 원고를 철학과의 김형효 교수님께 보여드리고 받은 것입니다.